Lou Kindermann

Kein Wort über die Kaninchen

Bibliografische Information der Deutschen Nationalbibliothek:
Die Deutsche Nationalbibliothek verzeichnet diese Publikation in der Deutschen Nationalbibliografie; detaillierte bibliografische Daten sind im Internet über http://dnb.dnb.de abrufbar.

Lektorat: Maria Al-Mana
Layout, Satz und Cover: Lou Kindermann

Verlag: BoD · Books on Demand GmbH, Überseering 33, 22297 Hamburg, bod@bod.de
Druck: Libri Plureos GmbH, Friedensallee 273, 22763 Hamburg

ISBN: 978-3-7693-5313-6

Das Zitat auf Seite 206 stammt aus: Helga Schubert, „Vom Aufstehen", S. 215, erschienen 2021, dtv Verlagsgesellschaft mbH & Co. KG, München.

Die Autorin weist darauf hin, dass aufgrund der Zeit, in der diese Geschichte spielt, im Erzählen der Vergangenheit nicht gegendert wurde sondern lediglich in den Kapiteln, die in der Gegenwart spielen. Sie spricht sich ausdrücklich für das Gendern, und somit die Sichtbarkeit jeglicher geschlechtlichen Identität aus.

KEIN WORT
ÜBER DIE
KANINCHEN

Trigger Warnung:
Dieses Buch beinhaltet Themen wie Homosexualität,
Alkohol- und Drogenmissbrauch, Essstörungen und Suizid
&
viel Liebe, Hoffnung und Lust auf das Leben.

Inhalt

Für Mum & Paps,
für meine starke Familie,
für alle, die den Mut haben so zu leben,
wie es ihnen ihr Herz zuflüstert
und für die, die es aufgrund der Zeit,
in der sie lebten, nicht konnten.

*Wir wollen aus der Vergangenheit
das Feuer übernehmen,
nicht die Asche.*

Jean Jaurés

Prolog

Keller machen mir Angst. Schon immer.

Da könnte etwas lauern und mich fressen.

Der Waschkeller im Haus meiner Mutter und meines Stiefvaters aber, der ist etwas anderes, denn er birgt ein tröstliches Geheimnis.

Ganz hinten im Raum steht ein alter, ungenutzter Wassertank. Hinter diesem Tank hängen einige Kleidungsstücke und dort hängen auch die Kaninchen. Ihr Fell ist nach all den Jahren noch so weich, wie ich es in Erinnerung hatte. Es riecht etwas muffig und doch ist da noch der Hauch eines anderen Geruchs, hinter all den Jahrzehnten.

Ich kuschle mich in das Fell, schließe die Augen und spüre meiner Nase nach, lasse mich auf all die Erinnerungen ein, die in diesem Fell schlummern. Mum ist der Mantel aus Kaninchenfell ebenso wichtig wie mir. Er hält uns warm und die Erinnerung aneinander lebendig.

Auch heute noch, fünfzig Jahre später, in einem anderen Leben. Der Mantel ist unser Geheimnis und er birgt Geheimnisse, die wir damals nicht teilen durften. Vor allem aber ist er ein Tor zu dir, Paps, und zu unserer Geschichte. Heute kann diese Geschichte in die Welt, denn heute ist Platz für das, was damals noch nicht sein durfte.

Es war eine beschissene und wunderbare Zeit!

Sie war unsere Herzen zerreißend, bunt, dramatisch, absurd, warm und geborgen.

Mir konnte nichts passieren. Ich konnte mir jeden Mut erlauben, denn ich fühlte mich geliebt.

Ich hätte mein erstes Lebensjahrzehnt vielleicht anders erleben sollen, aber nie anders erleben wollen.

Wohlig warm

S he´s crazy like a fool…
Dum dum dum dum dum dum dum dum…
dum dum dum dum dum dum dum dum…

Ich versuchte, die schnellen Anschläge des Basses zu zählen und tippte mit meinem kleinen, dicken Zeigefinger auf die klebrige Holztheke vor mir.

Dum dum dum dum dum dum dum dum…

Der Boney-M.-Song lief an diesem Abend zum gefühlt hundertsten Mal und trotzdem war es mir noch nicht gelungen, die Zählung zu beenden. Mein Po tat weh, denn ich saß mit meinen kurzen Beinen auf einem viel zu hohen Barhocker. Das Holz der Theke war uralt und die unzähligen Bier- und Schnapsgläser, die ständig über dieses Holz gingen, standen nie grade. So wie oft auch die Männer vor ihren Getränken.

Das „Harrys" erinnerte an eine Höhle. Die Decke war niedrig, dunkle Fachwerkbalken trennten den Eingang und den Zugang zum kleinen Schankraum. Die alte Tür war mit einem schweren, lederartigen Vorhang gegen Zugluft gesichert. Neben der L-förmigen Theke beherbergte der Raum zwei kleine Tische in der Raummitte, sowie einen Flipper vor einem Buntglasfenster. Es zeigte das Wappen einer in dieser Stadt ansässigen Brauerei.

Licht drang selbst an sonnigen Tagen kaum hier herein, denn die Kneipe lag „zu Füßen" eines riesigen Fabrikgebäudes, gegenüber war ein ähnlich großes Gebäude, darum lag die schmale Straßenschlucht fast ständig im Schatten.

Mich faszinierten die vielen bunten Flaschen hinter der Theke. Eine, die mit der herrlich blauen Flüssigkeit, liebte ich besonders. Und die mit dem schwarzen Kater auf dem Etikett, die mir der Wirt versprochen hatte, sobald die Flasche leer wäre.

Das „Harrys" wurde überwiegend von Männern besucht, von „warmen Brüdern", wie ich meinen Opa mal sehr verächtlich hatte sagen hören. Für mich hatten die zwei Worte etwas angenehm Beschützendes, Geborgenes, Wohliges. Das klang genauso, wie ich mich im „Harrys" fühlte.

»Das schafft sie nie!«

Lothar knallte die Tür zum Herrenklo schwungvoll hinter sich zu und schlenderte zur Theke. Betont lässig. Er verschränkte die Arme vor der Brust. Zahlreiche Ringe glitzerten an seinen Fingern mit der Diskokugel über den kleinen Tischen in der Raummitte um die Wette.

»Lütte, lass´ dich nicht ablenken, du packst das! Noch ein Schnäpschen zur Konzentrationsförderung?«

Harry, der Wirt, goss einen Schluck Cola in ein Schnapsglas und garnierte das Ganze mit einer Cocktailkirsche. Den roten Spieß zierte ein Herz. Ich hätte lieber einen grünen mit Palme gehabt, denn die waren in meiner Sammlung noch deutlich unterrepräsentiert.

»Nooomal«, nuschelte ich mit der Kirsche zwischen den Zähnen.

Harry grinste, spulte die Kassette zurück und drückte die Starttaste.

»Ich fress ´nen Besen, wenn …« Lothar feixte.

»Schnauze!«

Harry machte eine kleine Handbewegung in Richtung seiner Kehle. Lothar verdrehte nur die Augen und sah dann interessiert Richtung Toilettentür.

Der junge Mann, der nun aus der Herrentoilette kam, war auffallend gutaussehend, die goldblonden Haare leicht gewellt, eine dezente Bräune betonte grüngraue Augen mit langen Wimpern. Er war nicht groß, aber trainiert, das körperbetonte Hemd und die enge weiße Jeans mit Schlag unterstrichen diesen Eindruck.

»Immer acht Rübe! Dum dum dum dum dum dum dum dum und dann wieder dum dum dum dum dum dum dum dum. Zähl die Achter und dann kannst du die mit deinem Ergebnis malnehmen.«

Der junge Mann strich mir übers Haar und schob Harry das Cola-Schnapsglas mit vorwurfsvollem Blick zu.

»Nich´ immer dieses Zeugs. Sie ist erst sechs!«

»Aber malnehmen soll´se können, oder was?« Lothar, der lässig an der Theke lehnte, tippte sich an die Stirn.

»Na, sie ist schließlich meine Tochter!«

Paps wuschelte mir durch die Haare. Etliche Strähnen lösten sich aus meinen zwei kurzen Zöpfen.

»Ey, Paps!«

Ich duckte mich unter seiner Hand weg, ließ mich mutig vom hohen Barhocker plumpsen und schüttelte meine eingeschlafenen Beine.

»Darf ich flippern?«

Paps seufzte und lehnte sich zurück. Er nestelte die Brieftasche aus der engen Hose.

»Für fünf Mark, mehr nicht.«

Harry machte mir das Fünfmarkstück klein und ich verschwand zum Flipperautomat. Lothar stellte zusätzlich einen leeren Aschenbecher mit weiteren Markstücken auf die Plexiglasplatte des Flippergeräts.

»Damit wir heute Ruhe vor dem Gedumme haben!«

Er stupste mich freundschaftlich in die Seite und ging zurück zur Theke. Sein Schmuck klimperte, als er sich dicht hinter meinem Vater an die Theke stellte, ihn umarmte und zärtlich ins Ohrläppchen biss.

Ein Holzhocker unter den Füßen ermöglichte mir den Überblick über die Flipperwelt. Der Abstand der Knöpfe war für kurze Arme eigentlich zu weit und die Feder, um den Ball ins Feld zu schießen, viel zu stark, sodass der Ball ein ums andere Mal gleich wieder in der Versenkung verschwand. Paps kam und zog die Feder.

Die Kugel schoss ins Spielfeld und ich machte meine Arme so lang ich konnte, um wild die Knöpfe zu drücken, welche die Flipperhebel in Bewegung brachten. Ich liebte das zischend knisternde Geräusch, wenn die Metallkugel an den Bumpern abprallte und tauchte in die bunte Welt aus Blinken, Zischen, Knistern, Klingeln, Sirenen und Fanfaren ein.

Auf dem Schützenfest hatte ich an der Losbude mal einen kleinen Taschenflipper gewonnen. Zwischen zwei Plastikscheiben klackerten klitzekleine Metallkugeln. Die Feder erinnerte an das Innenleben eines Kugelschreibers und rutschte nach wenigen Versuchen aus ihrer Verankerung. Mein sehnlichster Weihnachtswunsch war ein echter Flipperautomat für mein Kinderzimmer.

Im „Harrys" roch es nach abgestandenem Bier, süßlichem Aftershave und Männerschweiß. Hatte Harry, der Wirt, einen guten Tag, dann verwöhnte er seine Gäste mit den besten Bratkartoffeln der Stadt und wenn sich die Tür zum Klo öffnete, dann vermischte sich deren Duft mit einer guten Portion WC-Stein.

Da stand ich nun, auf dem kleinen Holzhocker. Eine stämmige Sechsjährige, in knielangem Häkelrock, in Kniestrümpfen und mit kurzen „Rattenschwänzen", 1977, Freitagnacht um halbzwölf in einer bekannten Schwulenkneipe in Hannover und fühlte mich einfach nur wohlig warm und geborgen.

Tante Peggy

Ein endloser Samstagnachmittag. Ich wartete auf meine Mutter, die bald von der Arbeit aus der Keksfabrik kommen würde. Dann wäre endlich Wochenende.

„Mensch ärger dich nicht" spielen, gemeinsam eine Tüte Kekse aus dem Mitarbeiterverkauf vernichten oder vielleicht sogar die mit Schokolade gefüllten Hörnchen in Goldpapier, später dann Mutter, Vater, Kind, alle einträchtig vor dem großen Fernseher.

Den Apparat hatte mein Vater mit grünem DC-Fix in Holzoptik beklebt. Er stand auf einem ebenfalls mit Klebefolie ummantelten Tischchen, diesmal in orange. Zu Weihnachten wurde das schwere Gerät ins Schlafzimmer bugsiert und ein kleiner Tannenbaum nahm seinen Platz ein. Nur mit Mühe konnte meine Mutter Paps davon überzeugen, nicht auch noch die Christbaumkugeln mit PVC zu verschönern.

Den Baum schmückte traditioneller Holzschmuck aus dem Erzgebirge, original und von meiner Großmutter mütterlicherseits über die Zonengrenze geschmuggelt.

»Wer guckt 'ner alten Frau schon zwischen ihre Liebestöter«, hatte Omi darüber gescherzt.

Die grünkarierte Sitzlandschaft war riesig für unser kleines Wohnzimmer. Ein Vierersofa und zwei monströse, hochlehnige Sessel. 4.000 DM hatte das Prachtstück gekostet. Ein Vermögen für eine junge Familie und nur möglich durch den ersten und letzten Lottogewinn meiner Eltern, einen Fünfer.

Unsere Wohnung lag im Dachgeschoss, dritter Stock eines typischen hannöverschen Mehrfamilienhauses. Unser Viertel war in Carrés angeordnet und so umschlossen jeweils vier lange Reihen dieser Häuser einen großen, wiederum in einzelne Parzellen unterteilten Innenhof. Dieser Hof war den Vögeln, rotbraunen Eichhörnchen und Obstbäumen der Hausbesitzer vorbehalten. Keines der Mieterkinder hat je einen Fuß in dieses Paradies gesetzt.

Mein Zimmer lag direkt zum Paradies und so wurde ich besonders im Frühling mit der Sonne von einem Vogelkonzert geweckt, das ich in dieser Intensität nie wieder gehört habe.

Der Gesang hallte von den Wänden der Häuser wider, die ihn umschlossen, und prallte von jeder Scheibe der vielen Fenster zurück. Der Hall verschmolz mit sich selbst und seinen vielen, kleinen Quellen zu einer vielstimmigen Symphonie. Morgens so geweckt zu werden, war wunderschön. Und noch schöner war es, mit dieser Musik wieder einzuschlummern und zwei Stündchen weiter zu träumen.

Heute war Samstag und Samstage waren herrlich. Paps wusch samstags alle zwei Wochen das Auto auf einer nahen Industriebrache. Das war verboten und aufregend, denn auf dem Gelände stand ein alter, furchteinflößender Bunker und ich traute mich jedes Mal ein Stück näher an ihn heran.

Ein Samstag konnte, je nach Jahreszeit, einen Tag im Freibad bedeuten oder einen Besuch des Flohmarktes am Leineufer, denn Paps sammelte. Er sammelte Bierkrüge, Zinnbecher und klitzekleine Figuren für den Setzkasten.

Ich war fasziniert von den Miniaturen: dem Fernglas, einem Kompass, einer Sanduhr und niedlichen Tierfiguren. Ein kaum zwei Zentimeter langer Colt hatte es mir besonders angetan. Die Trommel war drehbar und der Abzug ließ sich drücken. Ich durfte die klitzekleinen Dinge immer wieder neu in den Setzkasten sortieren.

Samstags freute ich mich auf „Raumschiff Enterprise". Dazu gab es Bockwürstchen zum Abendbrot, die auf dem Radiator neben der Wohnzimmertür warmgehalten wurden. Als Baby war ich in voller Fahrt mitten in dieses Monstrum aus Metall gekrabbelt. Der Erzählung nach flüchtete ich vor einem ebenfalls krabbelnden, papsgroßen Monster. Diese Flucht hat mir eine ewige, kleine Kerbe auf der Stirn verschafft. An dieser Narbe wäre ich auch heute noch in der Pathologie sicher zu identifizieren.

Captain Kirk sah meinem Vater ähnlich, da waren wir uns alle einig. Und da die Serie abends nach dem Baden geschaut wurde, war der Dresscode Schlafanzug und das betonte die Ähnlichkeit enorm. Hätte Paps mir erzählt, er wäre in Wirklichkeit William Shattner und hier nur inkognito, ich hätte es ihm geglaubt. Er konnte ungemein überzeugend sein.

In der kalten Jahreszeit waren Samstage Badetage. Unser Badezimmer verfügte über eine alte Emaille-Wanne, die auf kleinen Füßen stand und einen hohen Badeofen, der noch mit Kohle beheizt wurde.

Zuerst badete Paps, dann ich, manchmal zusammen mit Mum. Allerdings war das Wasser dann schon recht lau, denn Paps badete ausgiebig. Da der Ofen zum Erhitzen des Badewassers lange brauchte, setzte Mum Wasser im Teekessel auf und füllte mein Badewasser Kessel für Kessel damit auf.

»Vorsicht Mausematz, Füße einziehen, hier kommt ganz heißes Wasser!«

Ich setzte das Bad jedes Mal unter Wasser, indem ich schwungvoll von oben bis unten durch die Wanne rutschte, wobei das Wasser über den Rand schwappte.

»Jetzt aber Schluss, sonst regnet es noch unter uns bei den Borcherts!« Mum lachte.

Hinterher abrubbeln, in den flauschigen, gelben Bademantel schlüpfen und ab aufs Sofa.

***

Ein Samstag. Draußen wurde es immer düsterer und es ging auf 17 Uhr zu. Die große Standuhr unserer weit über 80jährigen Nachbarin schlug fünf Mal.

Der Regen malte nicht endende Fäden auf das Dachfenster. Das Prasseln und Rinnen da draußen untermalten das Ticken der Uhr und das Rauschen der Heizung.

Der kratzige Stoff hatte meine dicken, kurzen Beine schon gerötet. Seit mehr als einer halben Stunde rutschte ich von der hohen Lehne des grünkarierten, unangenehm kratzigen Sofas runter und krabbelte wieder hinauf, nahm die optimale Rutschposition ein, rutschte wieder runter, krabbelte wieder rauf. Sozusagen passend zur Inneneinrichtung, trug ich einen knapp knielangen grasgrünen Strickrock.

Meine Paps-Oma versorgte mich ständig mit den neuesten Modellen dieser Röcke aus diversen Strickmagazinen. Mich und eine größere Anzahl weiterer Enkelinnen ähnlichen Alters, allesamt schlank, dunkelhaarig, mit südländischem Teint.

Ich, das blonde Moppelchen, rutschte weiter auf dem kratzigen Spielgerät und hatte keine Ahnung, welche Mutmaßungen bezüglich Paps sowie meiner Haar- und Hautfarbe die väterliche Familie beschäftigte.

Die Kniestrümpfe waren schon lange auf meine Knöchel gerutscht und die Kunststoffe von Kleidung und Sofa knisterten durch die permanente Reibung. Ich war auf dem Weg auf die Sofalehne, als ein großer Schatten hinter dem geriffelten Glas der Wohnzimmertür erschien.

Der Schatten kam mir vertraut und gleichzeitig fremd vor. Es klopfte, und jemand hüstelte gekünstelt.

Als SIE im Türrahmen stand, blieb ich wie gebannt auf der hohen Sofalehne sitzen. Verlegen begann ich die Blütenstruktur unserer Vliestapete mit den Fingernägeln abzuknippeln und beobachtete fasziniert diese muskulöse und sehr stark geschminkte Frau, die sich mit vorgestreckter Brust ins Wohnzimmer schob. Mit der einen Hand schwang sie ein kleines lila Handtäschchen, mit der anderen zwirbelte sie leicht nervös eine überlange Perlenkette.

Blauer Lidschatten und schwarze Wimpertusche betonten die schönen, grüngrauen Augen. Rote Lippen lächelten mich freundlich an.

»Mei diiiier, mein kleines Schätzchen«, flötete sie.

»Nau lööörnen wir uns endliiisch kennen!«

Schwer ließ sie sich auf den gegenüberliegenden Sessel fallen, zog stöhnend den linken Schuh aus und massierte einen unweiblich großen Fuß mit rot lackierten Zehennägeln.

Die Stimme, der Fuß… die kamen mir auf beruhigende Weise bekannt vor, und auch die blonde Frisur war vertraut. Den Rest, das großgemusterte Kleid, den Schmuck, die Tasche, die Frau, hatte ich in meinem ganzen Leben noch nie gesehen, meinte ich jedenfalls und bekam kein Wort über die Lippen.

Das Sprechen übernahm mein Gegenüber.

»Isch bin deine Tante Peggy, Tante Peggy from Ääämärika!«

Dass es diese Tante Peggy wirklich gab - sie war eine Freundin meiner Oma mütterlicherseits und schickte zuverlässig Geburtstags- und Weihnachtskarten aus New York - machte die Sache nicht leichter. Ich war hin- und hergerissen von der Freude über den spannenden Besuch und dem Gefühl, dass mich hier jemand mächtig aufs Glatteis führte.

»Nau, mei diiiier, wie geht es?«, flötete SIE. »Willst du deiner Tante Peggy not a Kiss geben?«

Ich rührte mich immer noch nicht von der Stelle.

»Okay, no gud Eidiiiiie?«

SIE sah sich nervös im Raum um.

»Vielleicht spielen wir einfach 'ne Runde Mikado zum Kennenlernen? Wo sind denn diese komischen Stäbchen?«

Ihre Stimme war im Lauf des Satzes deutlich dunkler geworden, der seltsame Akzent verschwunden und das Flöten zunehmender Unsicherheit gewichen.

Sie stand auf und ging zum Sideboard, das, wie so vieles im Raum, mit dem Kunststoff der Marke DC-Fix beklebt, unter der Dachschräge stand.

Ich hatte es mir mittlerweile im Schneidersitz auf dem Sofa bequem gemacht und betrachtete die vertraute Fremde, wie sie murmelnd tief in unseren Schrank abtauchte.

Ich hatte plötzlich große Lust, mich auf ihren breiten Rücken zu werfen und in vollem Galopp durchs Wohnzimmer tragen zu lassen. Ehe ich dieser Lust folgen konnte, richtete sie sich wieder auf und warf mir schulterzuckend einen traurigen Blick zu.

»Paps?«, fragte ich aus einem plötzlichen Impuls heraus. »Wollen wir nicht lieber Halma spielen?«

„Tante Peggy“ schlug merklich erleichtert die Tür des Sideboards zu und mein Vater drehte sich grinsend zu mir um. Seine weißen, gepflegten Zähne wirkten zwischen den rot geschminkten Lippen noch um einiges heller als sonst.

»Dann also Halma.«

***

Ich hatte verloren. Ich verlor immer beim Halma und durfte zum Trost die Spielfiguren schwungvoll vom Tisch fegen.

Wir waren grade dabei, die winzigen Teile aus dem flauschigen Polyesterteppich unterm Tisch zu pulen, als im Treppenhaus unten die Haustür ins Schloss fiel und wir klackernde Schritte heraufkommen hörten. Erschrocken richtete sich mein Vater auf und stieß sich den Kopf an der Kante des schweren Marmorcouchtisches.

Stöhnend und fluchend schnappte er sich die Tante-Peggy-Schuhe und verschwand ohne ein weiteres Wort im Bad.

Meine Mutter öffnete, mit Wochenendeinkäufen beladen, erschöpft die Wohnungstür und ich rannte ihr den langen, dunklen Flur entgegen. Ihre Haare waren regennass. Ich umarmte sie und drückte mein Gesicht in ihren feuchten Mantel.

Sie lächelte mich an.

»Alles klar? Wo ist denn Paps?«

Eben warst du noch da, Paps, dann plötzlich verschwunden.

Ich würde mich mit der Zeit daran gewöhnen.

Die Onkel

Paps machte sich gern schön. Er brauchte morgens ewig im Bad und keine von Mums Kosmetika war vor ihm sicher.

Er liebte das Schauspielern und Kostümieren, hatte einen Hang zum Drama und bediente eine ganze Reihe von Klischees schwuler Männer. Doch Paps konnte das nach außen fast immer gut verbergen. Und das war auch dringend nötig.

Es waren die Siebziger und die Strafbarkeit homosexueller Handlungen unter Erwachsenen erst vor wenigen Jahren, 1969, aufgehoben worden.

Die Politik wurde nicht müde zu betonen, dass homosexuelles Verhalten mit der Aufhebung der Strafbarkeit noch lange nicht gebilligt würde. Im Gegenteil, es sei moralisch eindeutig verwerflich.

Von diesen Dingen wusste ich damals nichts, aber ich spürte es umso mehr. Ich spürte die Traurigkeit, die Paps trotz aller Lebensfreude, trotz allen Lachens umgab. Ich tat alles, um Paps Lachen zu sehen.

Es war jetzt in den Siebzigern zwar leichter sich in Kneipen wie dem „Harrys" zu treffen. Schwule mussten keine anonymen Anzeigen mehr befürchten oder Angst haben, bei einer Razzia abgeführt zu werden, aber der moralische Zeigefinger dieser Zeit machte Druck.

Besonders Paps, der zudem auch noch katholisch erzogen worden war.

Die verstohlenen Blicke der Kollegen, das Tuscheln der Nachbarn, bis hin zu ganz offener Anfeindung der „175er", wie schwule Männer jahrzehntelang in Anlehnung an den entsprechenden Paragrafen, abwertend genannt wurden, diese Dinge hielten sich. Überall: ein ausgeprägtes Gespür für Andersartigkeit.

Sich öffentlich zu seiner Homosexualität zu bekennen, war ausgeschlossen und kam immer noch einem gesellschaftlichen Todesurteil gleich. Dass Paps sich selbst als bisexuell bezeichnete, machte es auch nicht besser.

Innerhalb unserer kleinen Familie hatte mein Vater größtmöglichen Freiraum. Nach außen blieb nur die Flucht in die Anpassung.

Wie hast du das ausgehalten, Paps?

***

Mein erstes Lebensjahrzehnt wurde von diversen Onkels begleitet, die in ihren aktuellen Phasen ganz selbstverständlich unser Leben bereicherten.

Sie hatten einige Gemeinsamkeiten. Alle waren dunkelhaarig, braun gebrannt, starke Raucher (aber wer rauchte in den Siebzigern nicht), wohlhabend und sehr auf ihr Äußeres bedacht.

Zu der Zeit war ich eher verwundert, wenn ein Mann keine Goldkettchen am Arm trug oder das Haus ohne Herrenhandtasche unterm Arm verließ.

Ich hatte, insbesondere an Wochenenden, wenn meine Mutter eine Extra-Schicht in der bekannten hannöverschen Keksfabrik leistete, das Vergnügen, mit einem sportlichen, blonden Vater und einem südländisch wirkenden Onkel den Tag zu verbringen. Der Unterschied bestand für mich eher in ihrer Spendierfreudigkeit als in der jeweiligen Person.

Onkel Lutz stand für Stofftiere, die er mir regelmäßig schenkte und Vögel, die er in großen, kunstvoll angelegten Volieren züchtete. Das hatte irgendwann zur Folge, dass auch in mein Kinderzimmer so ein Prachtbau aus Teakholz, mit Erkern, Türmchen und gefiederten Bewohnern einzog.

Fasziniert beobachtete ich von da an meine Zebrafinken und hoffte auf Nachwuchs. Der Geruch von Teak und Vogelsand setzte sich in den Wänden meines Zimmers fest. Einige der Finken flohen durch das offene Fenster in den Innenhof. Danach war ich überzeugt, meine Zebrafinken aus dem morgendlichen Konzert heraushören zu können. Waren sie ausgeflogen, versorgte Onkel Lutz mich einfach mit Nachschub, denn zum Brüten brachte ich meine Pärchen trotz guten Zuredens nie.

Onkel Rüdiger spendierte Pommes im Freibad und machte mir den Platz neben Paps auf der Liegewiese streitig. Er hatte für mich ansonsten keine erinnerungswerten Besonderheiten. Die Rüdiger-Phase hielt auch nur einen Sommer lang.

Onkel Didi dagegen versorgte mich immer ausreichend mit funkelnden Ein-Markstücken. Sie wurden möglichst zeitnah in gigantische, bunte Tüten investiert. Fünf Pfennige kostete eine Schoko-Streuselkugel oder ein großer Haribo-Taler und so war eine Mark mehr als genug, um für Bauchschmerzen zu sorgen.

Im Sommer schmückte ich mich mit pastellfarbenen Knabberketten zu 50 Pfennig das Stück und liebte besonders die Uhren dieser Marke, da das große Ziffernblatt langen, süßen Genuss bot.

Onkel Didi blieb aber nicht nur durch die blanken Münzen in Erinnerung. Er war meinem Vater, er war uns, über viele Jahre treu. Mein Vater blieb zwar weiterhin vielseitig interessiert und doch wurde Onkel Didi zu einem wichtigen Mitglied unserer Familie. Er und Paps machten gemeinsame Reisen und brachten mir aus Mallorca einmal ein riesiges Schneckenhaus mit. Mein Vater schwor, ich würde das Meer darin rauschen hören.

»Und wenn ich jetzt in Spanien am Strand stehen würde, und du hättest zur gleichen Zeit hier in Hannover die Muschel am Ohr, dann könnte ich dich rufen und du würdest mich hören. Glaubst du mir das?«

Unbedingt glaubte ich das und saß hochkonzentriert mit meiner Cassis cornuta, dem Haus einer großen Meeresschnecke, am Ohr auf dem Sofa. Ich hörte die Brandung des fernen Meeres, ich hörte die Schreie der

Möwen und manchmal hörte ich tatsächlich jemanden rufen.

Auch heute höre ich dich, Paps.

***

Das Wochenende hatte mit einem gemütlichen Familienfrühstück in der Dreizimmerwohnung meiner Eltern begonnen. Mutter, Vater, Onkel und Kind.

Während meine Mutter das Frühstück bereitete und ich auf der Fensterbank sitzend auf die Dächer der gegenüberliegenden Häuser schaute, und das Rot der sonnenhellen Dächer bewunderte, guckten nacheinander zwei verkaterte Herren in die Küche und murmelten etwas von Dusche und Kaffee. Mich interessierte das wenig. Aus Erfahrung wusste ich, dass die beiden jetzt einige Zeit im Bad verbringen würden. Meine Mutter wusste das auch.

»Musst du noch mal Pippi, Mausematz?«

Unter meiner gemütlichen Fensterbank gluckerte die neue Zentralheizung. Mein Po wurde langsam unangenehm heiß, Pippi musste ich nicht. Ich rutschte von der Fensterbank und tapste über den kalten PVC-Boden zu meiner Mutter, die die Frühstückseier vorsichtig ins kochende Wasser gleiten ließ.

»Darf ich nochmal piksen?«

Wir besaßen einen orangefarbenen Eierpikser, und für mich war es eine spannende Herausforderung, das rohe Ei heil durch diese Prozedur zu bringen. Ich liebte das seltsam knirschende Geräusch, wenn die Nadel die Schale durchstieß. Leider waren bei meinen Versuchen schon eine beträchtliche Anzahl von Eiern zerborsten.

»Ein Ei noch.« Meine Mutter reichte mir ein braunes. Diesmal klappte es mit dem Eierpiksen.

»Das Huhn war braun, oder?« Ich sah meine Mutter fragend an und reichte ihr stolz das Ei.

»Wäre möglich. Willst du die Brötchen backen?« Mum zeigte zum Tisch.

Die Rolle mit dem Fertigteig lag schon auf der Arbeitsplatte. Mühsam fummelte ich die erste Papierschicht der Dose ab. Jetzt musste man sie im richtigen Winkel auf die Kante der Tischplatte schlagen, um sie zum Aufplatzen zu bringen. Das Frühstücksgeschirr klirrte, als ich mit Kraft und Schwung mein Glück versuchte. Die Rolle blieb stabil.

Nochmal… doller… eine Tasse hüpfte vom Unterteller und kippte klirrend zur Seite. Das Ding trotzte tapfer der Resopal-Tischkante. Ich linste zu meiner Mutter rüber und registrierte erleichtert ihr Lächeln.

»Zusammen?«

Ich nickte und ihre Hand schloss sich um meine. Mit gemeinsamer Kraft schlugen wir die Rolle, diesmal zur Erleichterung des Geschirrs, auf die Kante der

Terrazofensterbank. Mit sattem Blobb sprang die Pappe auf, der Teig quoll über die Kanten der Verpackung.

Ich liebte dieses Ritual und ich liebte meine Mutter dafür, dass sie diese Rollen vom Wochenendeinkauf mitbrachte. Hochkonzentriert formte ich die nächste halbe Stunde Hörnchen, Brötchen und versuchte mich an Herzen und Schnecken. Meine Mutter beobachtete mich lächelnd und genoss den ersten Kaffee von vielen eines Tages. Wir hatten Zeit! Die Herren würden, wie gewohnt, noch auf sich warten lassen.

Später, wir saßen zu viert am Tisch, beeindruckte mich mein Vater nachhaltig in der Kunst, ein ganzes, gekochtes Ei samt Schale vollständig im Mund verschwinden zu lassen und kauend und knirschend zu murmeln:

»De Kolk in de Schale isch gut für Aut und Aahre.«

»Das ist widerlich!« Meine Mutter verzog das Gesicht und sah hilfesuchend in Didis Richtung.

»Das ist unser Rainer.«

Didi grinste und zog genüsslich an seiner Lux.

»Kann ich auch!«

Ich schnappte mir mein Frühstücksei und versuchte, es in meinen Mund zu pressen. Meine Mundwinkel begannen zu brennen und automatisch schossen mir Tränen in die Augen.

»Stopp, Mausematz!« Meine Mutter war aufgesprungen und zog mir Hand und Ei vom Mund.

»Klappt nicht.« Mein Mund fühlte sich riesig und weit an, meine Augen tränten und ich versuchte die seltsamsten Grimassen, um meine Mundwinkel wieder zu entspannen.

»Na großartig, gibt es noch weitere Fähigkeiten und Weisheiten, die du unserer Tochter heute gern vermitteln möchtest?«

Mum war sauer und mein Vater guckte leicht betreten. Ehe er antworten konnte, mischte sich Onkel Didi ein.

»Schwimmen wäre eine sinnvolle Lektion für heute oder Elefanten beobachten oder Tretbootfahren?«

Eins, Zwei oder Drei. Du musst dich entscheiden...

Schweige-Affe

»Das tut soooo weh, das breeeeeeennnnt sooooo!«
Meine Enttäuschung über die Undankbarkeit dieses Viehs, das sich eben noch von mir mit trockenen Toaststücken füttern ließ, war vermutlich größer als der Schmerz. Der Schwan hatte mir in den Finger gebissen.

Schreiend und heulend rannte ich zu den beiden Männern auf der Bank, die es sich mit einer Packung Lux-Zigaretten und zwei Flaschen Lindener Spezial in der nachmittäglichen Sonne am Ufer des Maschsee gemütlich gemacht hatten. Sie hatten sich die Pause verdient. Fast zwei Stunden lang hatte ich auf dem Bug des kleinen Tretbootes gesessen und die Herren in der Mittagssonne dirigiert.

»Jetzt zur großen Fontäne… rüber zum Ufer…. zu den Weiden… zu dem kleinen Steg!«

Die helle Haut meines Vaters war schon gefährlich rot, während ich durch einen großen, weißen Sonnenhut geschützt war. Didi war ohnehin tief gebräunt, seine Haut wirkte wie gegerbtes Leder. Die Sonne häufiger Urlaube im Süden, auf Gran Canaria, Mallorca und Ibiza und das Ketterauchen hatten ihre Spuren hinterlassen.

Der feste und erschreckend scharfe Schwan-Schnabel hatte Zeige- und Mittelfinger meiner rechten Hand erwischt.

»Das tut weeeehhhhh!«, schluchzte ich und kletterte auf Onkel Didis Schoß. Sein Geruch, würziges Aftershave und Tabak, war vertraut und beruhigend. Er war groß und dünn und ich spürte seine Rippen durch das Sommerhemd. Paps war kuscheliger. Was ihn selbst enorm ärgerte.

Ein dezent gemustertes Baumwolltaschentuch wurde aus der Tasche der hellbraunen, eng geschnittenen Cordsamt-Hose gefingert und mir fürsorglich an die Nase gehalten.

»Schnäuzen, Schätzchen!«

Schicksalsergeben leerte ich meine Nase in das schicke Tuch. Ich hätte daraus lieber einen Umhang für mein neuestes Spielzeug, ein Monchichi, eins dieser angesagten, affenähnlichen Püppchen, gebastelt.

Neugierig umkreiste der Schwan unsere Bank.

»Der soll weggehen, der ist böse, Paps scheuch den weg.«

Mein Vater stand auf und rannte mit wildem Gebrüll auf den Schwan zu, der noch einmal wütend zischte, dann flügelschlagend und schimpfend auf das Wasser zusteuerte.

Paps kam zurück und machte eine tiefe, höfische Verbeugung vor mir und seinem Freund.

»Stets zu euren Diensten, Mylady! Das Ungeheuer ist besiegt und wird eurer Hoheit nie wieder ein Leid zufügen.«

»Mein Held!«, raunte Didi und zwinkerte meinem Vater zu.

***

Das Trost-Eis war riesig und der Spielzeugladen hatte eine ebensolche Auswahl an Kleidung für Monchichi-Tierchen. Glücklich trug ich eine Tüte mit einer gelben Regenkombi und einem rotkarierten Schlafanzug für das affenartige Spielzeug.

Vom Maschsee aus war es ein ganzes Stück zu Fuß bis in die Altstadt, in der Onkel Didi eine winzige Eigentumswohnung besaß. Sie lag in einer kleinen, ruhigen Querstraße, nur wenige Meter von der Marktkirche entfernt.

Beim Altstadtfest oder Weihnachtsmarkt schoben sich Menschenmassen durch die kleine Straße und einmal hatte sich, zu meiner großen Freude, ein gasgefüllter Ballon am Gitter des winzigen französischen Balkons verfangen.

Heute war es da unten ruhig. Es war ein Samstagabend im Frühling, kaum Verkehr, nur ab und zu hupte ein Auto auf der nahen Hauptstraße. Kleine Grüppchen gut gelaunter Menschen schlenderten lachend in die nächste Kneipe und der für die Altstadt so typische Geruch von frittiertem Schnitzel zog durch die offene Balkontür.

Wenn Mum am Wochenende zum Schichtdienst in die Keksfabrik musste, die Wohnung putzte oder eine Freundin besuchte, war ich mit Paps und Onkel Didi unterwegs. Die Ausflüge endeten meistens in der kleinen Altstadt-Wohnung. Mum würde mich später abholen, denn Paps blieb immer öfter über Nacht dort und ich würde ihn erst Montagabend, nach dem Dienst, wiedersehen.

Ich war gerne in Onkel Didis Wohnung. Wir hatten zuvor meist etwas Schönes unternommen und mein Bauch war immer mit diversen Leckereien gefüllt. An der Marktkirche holten wir uns Pizza auf Pappecken, in der Eisdiele nebenan gab es einen Kinderbecher mit vielen, bunten Schokolinsen und Onkel Didi hatte immer einen Vorrat an „Luftschokolade“.

Außerdem gab es hier allerhand Interessantes zu bestaunen. Von seinen Reisen hatte Onkel Didi kuriose Dinge mitgebracht. Mir präsentierte sich ein Zoo von Merkwürdigkeiten, auf einem niedrigen Sideboard im Wohnraum liebevoll arrangiert.

Eine ausgestopfte Schildkröte, verschieden große, getrocknete Seesterne und Seeigel, aufgespießte, prachtvoll schillernde Falter in kleinen Glasrahmen, riesige Muscheln und Schneckenhäuser, das alles faszinierte mich. Die große, haarige Spinne, unter Glas gerahmt, musste Onkel Didi allerdings wegräumen. Ich weigerte mich ansonsten, die Wohnung zu betreten.

Während ich die stacheligen und zerbrechlichen Seebewohner nur unter Aufsicht berühren durfte, stand mir die Schildkröte zum Spielen uneingeschränkt zur Verfügung. Sie war etwas größer als die Hand meines Vaters. Ihren Kopf streckte sie weit unter dem Panzer hervor, ihre Augen wirkten wie winzige, schwarze Stecknadeln. Immer wieder fuhr ich mit meinem Zeigefinger die Rillen des starkgewölbten Panzers nach und zählte seine Felder. Ihre Beine waren hart, schuppig und die Zehen hatten noch scharfe Krallen.

Eines Tages verhakten sich diese Krallen im Stoff des Sofas. Bei meiner darauffolgenden, verzweifelten Schildkrötenbefreiungsaktion riss eines der Beine ab. Von da an stand sie wie der restliche Zoo auf dem Schrank, gestützt von einer passend großen Muschel. Jeder Kontakt mit dem toten Reptil war von jetzt an nur noch unter Aufsicht erlaubt.

An diesem Samstag kuschelte ich mich in die gemütliche Sofaecke der kleinen Wohnung und zog mein neues Spielzeug, das Affenpüppchen, an und aus, probierte immer neue Variationen. Der Schwanenbiss war längst vergessen. Neben mir lagen zudem ein kleiner Stapel frisch gebügelter Baumwolltaschentücher, die ich immer wieder neu um die Puppe drapierte, sowie eine Tüte bunter Puffreis.

Das Plüschtierchen sollte der Anfang einer riesigen Sammlung von Monchichis aller Art und Größen sein. In irgendeinem Album existiert heute noch ein Polaroidfoto der Plüschgenossen, sortiert vom kleinsten in der Größe eines Schlüsselanhängers bis zum größten, fast einen Meter hoch, der Hauptgewinn einer Losbude auf dem Schützenfest.

Monchichis waren DER Trend. Sie ließen Kinderherzen höherschlagen und lenkten Kinderaugen und -ohren mehr oder weniger zuverlässig, etwa von im Schlafzimmer beschäftigten Männern, ab.

Ich höre nichts, ich sehe nichts, ich bin ganz still.

Blond

Noch heute erzählt meine Mutter gern, ich wäre ein Bilderbuch-Baby gewesen. Rosige Wangen, blaue Äuglein und fast schwarzes Haar.

Die Leute guckten bewundernd in den Kinderwagen, voller entzückter Ausrufe. Die schwarzen Haare verschwanden im Lauf meiner ersten Lebensjahre und ich wurde blond, wie mein Vater. Das Blau meiner Augen wandelte sich in das Grüngrau seiner Augen.

Meine Paps-Oma schenkte mir besonders liebevolle Aufmerksamkeit, wie all ihren blonden Nachkommen, also mir und meinem Vater. Alle anderen der vielen Cousins und Cousinen, Kinder meiner acht Onkels und Tanten väterlicherseits, waren ja dunkelhaarig. Ebenso die Onkels und Tanten selbst… eben bis auf meinen Vater.

Die Existenz dieses blonden Nachkommen führte im Lauf der Familiengeschichte zu immer wüsteren Vermutungen. Je offensichtlicher später die sexuelle Orientierung meines Vaters wurde, desto wüster wurden sie. In Verdacht gerieten diverse Männer im Umkreis der Familie.

Oma ließ sich zu keinerlei Verteidigung oder Bestätigung der Vermutungen herab. Sie schwieg einfach zu jeder dieser üblen Unterstellungen, stand den lieben, langen Tag in ihrer kleinen Küche und versorgte Familie wie Besucher mit allem, was die gut gefüllte

Speisekammer und ihre schlesischen Kochkünste hergaben.

Mit der Bitte um etwas Süßes in die Küche dieser Oma zu kommen, führte immer zum Erfolg. Eine besondere Rolle spielten hierbei die fruchtigen Bonbons der Marke „Nimm Zwei". Die wurden händeweise in die Hosentaschen der Enkelschar geschaufelt. Den schlanken Figuren der dunkelhaarigen Familienmitglieder schadete das wenig, bei den Blonden schlug die Versorgung an.

Meine Großmutter war 1946 mit sieben Kindern im Schlepptau aus dem damaligen Schlesien nach Hannover geflohen. Mein Großvater war zu der Zeit in russischer Kriegsgefangenschaft.

Als die Familie später in Hannover wieder vereint war und Opa eine Anstellung bei der Bahn fand, kam ein weiterer Sohn hinzu.

Meine Großeltern sprachen weder über die Flucht noch über die Gefangenschaft. Aber diese Erfahrungen ließen sich nicht einfach totschweigen und sie hingen wie eine dunkle Wolke über allem, über uns allen. Weit über den Tod der beiden hinaus.

Opa war ein Despot. Dieses Wort bereicherte schon früh meinen Wortschatz, aber ich verband damit keinerlei Bedeutung. Mein Vater nutzte es einfach oft in Bezug auf meinen Opa.

Ich stellte mir vor, Despot wäre wohl sein Beruf gewesen, denn er war schon vor meiner Geburt in den Ruhestand gegangen.

»Der Arsch!«, so nannte ihn mein jüngster Onkel, der während seines Studiums noch eines der drei Zimmer der elterlichen Wohnung bewohnte.

Opa kam „Ekel Alfred", dem Familientyrannen der gleichnamigen Fernsehsendung, sehr nahe. Beide trugen den gleichen Vornamen und behandelten insbesondere ihre Ehefrauen, die sie gern als „dumme Kuh" bezeichneten, ähnlich „liebevoll".

Opa war in meiner Kindheit lediglich anwesend.

Er beschränkte sich im Umgang mit uns Enkeln darauf, an Weihnachten und Geburtstagen Umschläge mit Fünfzigmarkscheinen zu spendieren und je nach Jahreszeit im Wohnzimmer oder auf dem Balkon hinter seiner BILD zu verschwinden.

Die Aufteilung der kleinen Genossenschaftswohnung war klar: Oma befehligte die Küche, die restlichen drei Zimmer und der Balkon waren Opas Hoheitsgebiet.

Ab und an, insbesondere, wenn ihm die spielenden Enkel zu laut wurden, warnte er vor dem „schwarzen Mann".

»Wenn ihr so weitermacht, dann hört er euch und wartet auf dem Flur, um euch zu holen.«

Diese Drohung sowie das im Sportunterricht und auf dem Pausenhof beliebte Fangspiel „Wer hat Angst vorm schwarzen Mann?" jagten mir noch Jahre danach Schauer über den Rücken und erzeugten sehr reale Ängste, denn auch die Wohnung meiner Eltern hatte einen sehr langen und dunklen Flur. Der wiederum war jedoch auch zum „Mord im Dunkeln"-Spielen perfekt geeignet.

Ich lernte früh, dass alles mindestens zwei Seiten hat.

DC-Fix

Ob Schrank, ob Fernseher, Tisch oder Bett, alles musste individuell mit „Dezifix" dekoriert werden. Mein Kinderzimmer war ein Traum in Gelb. Die Wände waren fast raumhoch mit Folie beklebt.

Die kleinen, geprägten Quadrate waren jeweils etwas unterfüttert, so dass die Wand eine Struktur erhielt, die mich an den Panzer der mittlerweile invaliden Schildkröte in Onkel Didis Wohnung denken ließ.

Die teuren Folienrollen verließen das Werk des bekannten hannöverschen Herstellers sehr diskret in der geräumigen Aktentasche eines jungen, aufstrebenden und in seiner Freizeit äußerst kreativen Angestellten.

Blumen, Ornamente, Vögel… jede beklebte Fläche bekam kunstvolle Bordüren. Schnitt für Schnitt, Quadratzentimeter für Quadratzentimeter verwandelten sich unsere Dreizimmerwohnung und eine beträchtliche Anzahl der Einrichtungsgegenstände in PVC-ummantelte Einzelstücke, die das Geheimnis ihrer ursprünglichen Beschaffenheit Jahre später nur unter Einsatz gröbster Gewalt und einer Heizluftpistole freigaben.

Aber wer wollte in den schrillen 70ern schon wissen, wie es unter der Verkleidung wirklich beschaffen war?

***

„Nicht bei Raumtemperaturen unter 15 Grad zu verarbeiten. Beginnen Sie exakt an der oberen Kante des zu beklebenden Möbels und lösen Sie nur wenige Zentimeter der Folie vom Trägerblatt. Achten Sie auf äußerst korrekte Verarbeitung und glätten Sie das Material jeweils nach kurzen Strecken mit einem geeigneten Spachtel. Luftblasen entfernen Sie nach Bekleben der gesamten Fläche durch das Einstechen mit einer dünnen Nadel. Entfernen Sie die Luft unter der Folie durch sanftes Ausstreichen.“

Das Renovieren der Wohnung wurde bei uns zu einer recht sauberen Angelegenheit. Kein Tapetenkleister, keine Farbkleckse, dafür DC-Fix-Reste, die an den Socken klebten und kilometerlange Schlangen des karierten Trägerpapiers. Die Folie hatte einen eigenartigen, scharfen, beißenden Geruch. Daran zu riechen, verursachte mir ein unangenehmes Stechen in der Nase. Die weiße Folie roch seltsamerweise stärker als die grüne.

»Paps, Augen zu und rate, welche Farbe.«

Wir „renovierten“ den Flur. Den ganzen Tag hatte mein Vater Bahn für Bahn einer orange-braun gemusterten Folie an die Wand gebracht. Nun klebte er eine grüne Bordüre.

Seufzend stieg er von der Leiter und setzte sich zwischen die karierten Papierberge zu mir. Mit geschlossenen Augen roch er an einem Stück Folie, die ich ihm direkt unter die Nase hielt.

»Eindeutig Aubergine!«

Ich kicherte. »So eine Farbe gibt´s doch gar nicht.«

»Aber sicher, riech´ ich doch genau!«

»Quatsch Paps, das ist doch grün!«

»Genau, riecht nach unreifer Aubergine. Was hast du da eigentlich auf dem Kopf?«

Ich hatte mir aus Folienresten einen Maler-Hut gebastelt. Ein Maler-Hut gehörte schließlich zum Renovieren wie eigentlich auch Farbe und Pinsel. Jedenfalls hatte ich das bei Freundinnen und deren Eltern so beobachtet und auch in meinem Lieblingsbilderbuch „Unser Dorf soll schöner werden". Darin trugen die Maler einen Hut aus Papier.

»Ein Hut für den Maler.«

Stolz wollte ich ihn vom Kopf nehmen und Paps mein Werk präsentieren. Kopfhaut, Haar und Hut waren allerdings innig miteinander verbunden.

»Paps?«

Ich schluckte mühsam die ersten Tränen herunter.

***

»Ich glaube, wir haben da ein klitzekleines Problem.«

Mein Vater fing meine Mutter lieber schon an der Haustür ab. Er nahm ihren Mantel, stellte die Einkäufe in die Küche und führte sie ins Wohnzimmer, wo ich gemütlich vor dem Fernseher saß und den für mich einzig

„richtigen Sandmann", aus dem Osten, mit Geschichten von Pitti Platsch, Herrn Fuchs und Frau Elster sah.

»Das ist nicht dein Ernst!« Meine Mutter schlug sich die Hand vor den Mund und sank auf den nächsten Sessel.

»Du musst zugeben, sie wirkt jetzt sehr mondän. Der Schnitt erinnert an die Charleston-Ära und… «

Meine Mutter schüttelte nur müde den Kopf. »Lass´ gut sein. Ich mach´ mal Abendbrot. Hawaii-Toast mit Pfirsich oder Ananas?«

Ein Großteil meines schulterlangen Haares war nicht zu retten gewesen. Meinem Vater war nichts anderes übriggeblieben, als Haar und Hut mühsam und schmerzhaft mit einer Nagelschere zu trennen. Das wildgezackte Resultat hatte er versucht, bestmöglich zu begradigen, indem er mir seinen Reservistenhelm auf den Kopf gesetzt und an der Helmkante exakt nachgeschnitten hatte.

Nach dem ersten Schock konnte meine Mutter über mein Missgeschick lachen.

»Hättest du braune Haare, würdest du jetzt aussehen wie eines deiner Monchichis.«

In Wahrheit sah ich aus wie eine Miniaturausgabe von Prinz Eisenherz, aber das war okay.

Ich konnte noch nicht lesen, aber ich sah mir gern die Comics an. Paps brachte mir manchmal eins der Hefte vom Kiosk mit, und wenn ich ihn zum Bierholen begleitete, dann war immer ein Eis der Marke „Brauner

Bär" drin, oder ein „Kinderhut", das Eis mit der Kaugummikugel in der Spitze des Plastiktrichters. So machten es schließlich auch die anderen Väter.

Abgesehen von Klebefolie und anderen Verkleidungen waren wir also eine ganz normale Familie.

Tanztee

Meine Mutter war noch nicht einundzwanzig, als meine Eltern heirateten. Sie war also nach damaliger Gesetzgebung noch nicht mündig und brauchte zur Eheschließung die schriftliche Einwilligung ihrer Eltern.

Mein Vater hatte formvollendet und mithilfe eines Straußes rosa Nelken um die Hand meiner Mutter angehalten.

Omi war entzückt und auch ihr zweiter Mann sah keinen Grund, Einwände zu erheben. Dieser junge, blonde Mann mit dem warmen Lächeln hatte Ambitionen. Er hatte gedient, das sah man schon an seiner graden Haltung, besuchte nach der Arbeit die Abendschule und machte bald seinen Abschluss als Techniker.

Meine Mutter, eine kleine, wohlgeformte, rehäugige Schönheit, war noch Schülerin der Fachschule für Kinderpflege. Die beiden, da waren sich alle einig, waren einfach ein entzückendes Paar.

Ihr Kennenlernen beruhte auf einer Verwechslung. Mein Vater war mit einem seiner Brüder an einem Sonnabend zum Tanztee ins Café Astor gegangen.

Längere Zeit beobachteten sie zwei junge Damen, die flüsternd und kichernd an einem der kleinen Tische, die rund um die Tanzfläche standen, saßen.

»Die wäre schon was.« Mein Onkel deutete ungenau in die Richtung meiner Mutter.

»Du bittest jetzt ihre Freundin um einen Tanz und dann frag ich sie. Los, mach´ mal. Du hast auch was gut bei mir!«

»Nee, lass´ mal.« Mein Vater war wenig begeistert, mehr mitgeschleppt als aus eigenem Antrieb im Café und zog genervt an seiner Zigarette.

»Zwei Schachteln? Besorg´ ich dir dann auch gleich heute noch.« Mein Onkel rutschte nervös auf der Stuhlkante nach vorn und zog die Stirn in Falten. Er muss wie ein trauriger Dackel ausgesehen haben mit seinem dunklen Teint und den braunen Augen.

Mein Vater seufzte, drückte die Kippe in den Aschenbecher und besiegelte den kleinen Privat-Handel mit: »Drei Schachteln!«

Er stand auf. Zielsicher und auf Lässigkeit bedacht, steuerte er den Tisch meiner Mutter an und lächelte.

Die junge Frau da vor ihm war wirklich entzückend.

Paps deutete eine Verbeugung an und bot ihr seinen Arm. Meine Mutter nickte und strahlte.

Den verzweifelten Dackel, der hinter seinem Rücken wüste Zeichen machte und immer wieder auf die Freundin meiner Mutter deutete, nahm Paps schon gar nicht mehr wahr. Seinem traurigen Bruder blieb nichts anderes übrig, als Mums Freundin zum Tanz zu bitten.

Dabei hatte sich mein Onkel auf Anhieb in das rehäugige Mädchen verguckt, das nun mit seinem Bruder über die Tanzfläche schwebte.

Paps und Mum waren schnell unzertrennlich, der Dackel chancenlos, auch bei der Freundin. Die Wochenenden wurden gemeinsam verbracht. Es gab wechselseitige Anstandsbesuche bei den Eltern und den ersten Kuss im knallroten VW Käfer meines Vaters.

Paps, wann hast du Mum gesagt, dass du auch auf Männer stehst?

Ahnungen

In den 60ern war es kaum möglich, ohne Trauschein eine gemeinsame Wohnung zu bekommen.

Nach der Hochzeit lebten Mum und Paps noch einige Monate bei ihren jeweiligen Eltern. Erst auf Empfehlung eines Kollegen meines Stief-Opas, der bei Telefunken arbeitete und viele Kontakte pflegte, durfte sich das junge Paar seiner potenziellen Vermieterin vorstellen.

Ihr Name war Bröckelmann, sie besaß und verwaltete nach dem frühen Tod ihres Mannes ein Haus mit acht Wohnungen. Sie selbst bewohnte zwei davon im Erdgeschoss. Niemand konnte das Haus betreten oder verlassen, ohne an ihrer Tür vorbeizumüssen.

»Im Flur, da steht die Bröckelfrau und die sieht alles ganz genau!«, flüsterte Paps später oft, wenn wir an ihrer Tür vorbeischlichen.

Und die Bröckelfrau würde in einigen Jahren sagen, sie hätte es ja schon ganz früh geahnt und es täte ihr leid um die junge Frau... einen Typen wie den, naja, Sie wissen schon, was man mit denen früher gemacht hätte.

Die Bröckelfrau würde ihre Wahrheit in die Nachbarschaft posaunen und sich die Hände reiben, weil sich ihre Ahnungen bewahrheitet hatten.

Dabei waren die hübsche, junge Frau und der charmante Blonde zunächst ganz nach Frau Bröckelmanns Geschmack. Fleißig, höflich, hilfsbereit.

Mein Vater war der jüngste Mieter im Haus. Er brachte die Kohlen für die älteren Nachbarn in den Keller, schippte Schnee, fegte Laub im Vorgarten. Dieser junge Mann war deutlich bemüht, es allen recht zu machen.

Nach einiger Zeit fand Frau Bröckelmann ihn fast zu bemüht.

Er verließ abends oft noch spät das Haus, kam erst früh morgens zurück. Wenn das nicht verdächtig war!

Auch diese Herrenhandtasche… und war der nicht eigentlich viel zu hübsch für einen Mann? Allein diese Wimpern! Also vielleicht doch ein 175er?

Dann wurde ich geboren und der Verdacht fürs Erste auf Eis gelegt.

***

»Nix kommt, Scheiße kommt!«

Meine Mutter lag in einem kleinen Nebenraum des Kreißsaales der Oststadtklinik und hörte seit Stunden eine junge Türkin in den Wehen klagen und schreien. Die harschen Worte kamen von der diensthabenden Hebamme.

Die junge Gastarbeiterin tat meiner Mutter leid, aber so wollte sie auf gar keinen Fall klingen und sie hoffte inständig, die Wehen still und gefasst zu überstehen.

»Na junge Mutti, wie weit sind wir denn?« Unbemerkt hatte die Hebamme den Raum betreten und zog meiner Mutter energisch die Decke von den Beinen.

»Ach nee, da sieht man ja schon schwarze Hääärchen. Nun aber mal flott nach nebenan in den Kreißsaal!«

Nebenan gab es dann eine Portion Lachgas und nicht lange danach mich, gesäubert und fest in weiße Baumwolltücher gewickelt, gepuckt wie eine Raupe im Kokon.

»Das mit dem Stillen lassen Se mal, junge Frau. Das macht eh nur schlaffe Brüste und das woll'n Se doch Ihrem hübschen Mann nicht antun, oder?«

Flink schaufelte die Säuglingsschwester das Pulver ins Fläschchen und schüttelte den Baby-Cocktail. »So, nun mal hübsch auf das Schnäuzelchen… hhhmmm lecker, lecker meine Süße!«

Eines meiner ersten Fotos. Mum mit verwuscheltem Kurzhaar, Ringe unter den braunen Augen, himmelblauer Frottee-Schlafanzug, beugt sich über das schwarzhaarige Baby und gibt mir das Fläschchen.

Ich war ein hungriges Kind und blieb es.

Gefressen werden

»Wir gehen ins Theater!«
Dieser Satz war eine feste Konstante meiner Kindheit und ich würde ihn in Zukunft auch in mein erwachsenes Leben überführen. Er war das kulturelle Erbe meiner Großmutter mütterlicherseits, von Omi. Und so waren Theater und Opernbesuche etwas, das die Großen regelmäßig genossen.

Als ich etwas älter war, waren das die Zeiten, in denen ich mit etwas Süßem, dem Fernsehgerät und dem Auftrag, es spätestens um 21 Uhr auszustellen, den Schrecken der Nacht überlassen wurde.

Diese Schrecken offenbarten sich, zugegebenermaßen, erst mit dem Ausstellen des Fernsehers. Was zu viel unerlaubtem TV-Konsum wenig kindgerechter Inhalte führte. Was den Schrecken wiederum sehr zuträglich war.

Also stellte ich das Gerät erst aus, wenn ich gegen 23 Uhr Schritte im Treppenhaus hörte und schlüpfte schnell in meinem Zimmer unter die Decke.

***

Ich war schon seit Tagen voller kribbeliger Vorfreude, die mich von Kopf bis Fuß erfüllte. Ich vibrierte praktisch vor Theaterfieber.

Meine kulturelle Initiation stand unmittelbar bevor und wurde familiär zelebriert.

Mit einem neuen Kleid aus rotem Samt und in Lackschuhen war ich bereit für mein Debüt in der hannöverschen Theaterszene. Es war Anfang Dezember und im Theater am Aegi wurde das „Weihnachtsmärchen" gespielt.

Vor dem großen Ereignis gingen Omi und ich in die Holländischen Kakaostuben. Diese altehrwürdige Konditorei war schon in den 70er Jahren altbacken. Es gibt sie heute noch, und die Zeit scheint dort immer noch still zu stehen.

Wenn ich mich heute den von den hohen Decken hallenden Gesprächen, dem Zischen der riesigen Kaffeemaschinen, dem Geruch nach altem Holz, nassen Regenschirmen und dem Duft heißer Schokolade hingebe, dann sehe ich Omi ganz genau vor mir.

Omi sah sehr elegant aus in ihrer dunkelblauen Strickkombi mit bestickter Passe. Sie trug edle, dunkelrote Lederhandschuhe zu ihrem hellen Mantel, die passenden Schuhe und eine schicke Lederhandtasche… immer.

Omi bestellte zwei Kännchen Schokolade. Keinen Kakao, sondern richtige Schoooookoooolaade mit Sahne.

»Zur Feier des Tages«, raunte sie mir dabei zu.

Um aber sofort einzuschränken: »Wir lassen dann das Abendbrot weg.«

Wenn man sich an der einen Stelle etwas „gönnt", dann muss man sich an anderer Stelle etwas „verweigern", kein Genuss ohne Opfer, alles Schöne hat seinen Preis.

Ich wusste schon früh Bescheid.

Omis Blick schweifte wie immer unruhig über ihre Umgebung, taxierte die Gäste. Omi hielt Ausschau nach einsamen Herren, suchte nach dem Zufall der Liebe für den Rest des Lebens oder zumindest für diese Theatersaison.

Ich trank heiße Schokolade durch kühle Sahne. Der erste Schluck erforderte Mut, denn die Sahne legte sich so weich und kühl an die Lippen, dass der Schock der heißen Schokolade den zarten Kindermund sehr unangenehm überraschen konnte.

Mein Blick wanderte über die Tortenteller der anderen Gäste. Omi schob mir ein Päckchen Zuckerwürfel zu und steckte die anderen beiden Stücke in ihre Handtasche. Sie war Zuckerstückchensammlerin.

Zuhause wurden die kleinen, in Papier gewickelten Stücke fein säuberlich mit Datum versehen. Hunderte süßer Erinnerungen lagen in ihrem Wohnzimmerschrank, hunderte Erlebnisse und wohl ebenso viele enttäusche Hoffnungen.

Und dann rannte uns plötzlich die Zeit davon und wir liefen in Windeseile die Georgstraße entlang zum Aegidientorplatz.

Schon von Weitem konnte man das große Theaterhaus sehen und in großen Lettern wurde „Das Weihnachtsmärchen" angekündigt.

Hunderte von Kindern mit glänzenden Augen und ebensolchen Schuhen, begleitet von adrett gekleideten Erwachsenen, die ihre Schützlinge mit ernster Miene vergeblich zum guten Benehmen anwiesen, kamen die Treppen der U-Bahnstation herauf und strömten aus allen Richtungen auf das Theater zu.

Einmal im Jahr gehörte das Theaterfoyer den Kindern. Es wurde gerufen, gerannt, gelacht und an Zöpfen gezogen. Jacken, Mützen und Schals wurden in Garderobenschränke gestopft und die metallenen Türen ließen sich herrlich knallend zuschlagen.

Als Omi und ich die Glastür ins Foyer passierten, tönte schon die durchdringende Klingel und rief Kinder, Eltern, Großeltern, Patentanten und Onkel auf ihre Plätze.

Es war eine herrliche Geräuschkulisse im Theatersaal. Hunderte kleine, aufgeregte Münder quasselten durcheinander, große Geschwister und Erwachsene versuchten zu beruhigen und verfielen doch selbst dem Zauber dieses Augenblicks. Nasen wurden vorsorglich noch schnell geschnäuzt und die knisternde Bonbontüte verschwand in der Handtasche.

Wir saßen in der zweiten Reihe, Mitte.

»Wenn schon, denn schon!« Omi ließ sich da nie lumpen.

Dann das dritte Klingeln, der Vorhang hob sich und ein Raunen, jedes Jahr wieder dieses wunderschöne Raunen aus hunderten von Kehlen und der erste Blick auf eine gemeinsame Reise in andere Welten.

In der Pause kauften wir ein Programmheft. Auch das würde ewiges Ritual bleiben. Jeder Theaterbesuch, jede Oper, jegliches kulturelles Ereignis, bei dem man eines Programmheftes habhaft werden konnte, wurde damit dokumentiert und dann chronologisch sortiert.

Das Theater am Aegi war das einzige Haus, das ich kannte, in dem man bergauf und bergab laufen konnte. Ganz sanft sind die Höhenunterschiede auf dem Weg in den Theatersaal und geben den Beinen bergab Schwung. Das wurde von uns Kindern in den Pausen ausgiebig genutzt.

Omi und ich standen an einem hohen Tisch und teilen uns eine Sinalco. Mein Kopf reichte kaum bis zur Tischkante.

Der schrille Ton der Pausenklingel.

»Trink aus, Schatz! Moment, den letzten Schluck nehm' ich.«

Schnell an den Platz, der Vorhang geht auf…

Ein großer, dunkler Höhleneingang… davor DAS Schild...

„Liebe Kinder, bitte eintreten!".

Mich schaudert, denn ich weiß, wer dort wohnt.

An das Stück kann ich mich nicht mehr erinnern.

Ich erinnere mich an „Jim Knopf", an „Kalif Storch", an „Schneewittchen" und besonders auch an „Peterchens Mondfahrt", in dem mich zu Tränen rührte, dass Herr Sumsemann ein Bein verlor.

Von diesem Weihnachtsmärchen aber blieb nur der Eindruck der finsteren Höhle und die feste Überzeugung: »Ich werde gefressen!« Denn in dieser Höhle lebte ein furchtbarer Drache.

Die zweite Hälfte des Stückes ertrug ich nur zitternd. War denn den anderen nicht klar, warum wir alle in das Theater gelockt worden waren?

Die Angst gefressen zu werden, von Drachen, anderen Fabelwesen oder dem großen, bösen Wolf, begleitete mich meine Kindheit und darüber hinaus, auf Heimwegen in der Dämmerung, auf dunklen Treppen, in dunklen Fluren und Kellern. Sie lauerte in meinem Schrank und ganz sicher jede Nacht unter meinem Bett. Sie ließ mich schweißgebadet aus Albträumen erwachen und nach meinen Eltern rufen.

So wurde »Wir gehen ins Theater!« zu Verheißung und Angst gleichermaßen.

Für alles Schöne musst du Opfer bringen.

Jackpot

Vom Dachfenster unserer Wohnung sah man auf die Dächer der gegenüberliegenden Häuser. Ein Meer aus orangeroten Ziegeln. In der Morgensonne eines Sommertages schienen sie fast zu glühen und versprachen einen herrlichen Tag.

Schon morgens um zehn war der Asphalt so heiß, dass kleine, neugierige Kinderhände ihn nur kurz betasten konnten und dann fasziniert zurückzuckten.

Wie heiß wird eigentlich der Deckel einer Mülltonne?

Wie heiß die kleine Mauer?

Wie heiß das Blech des Autos?

Ist rotes Blech genauso heiß wie blaues?

Und nach diesen Experimenten, im dunklen Treppenhaus, der wohlige Schock eiskalten Terrazzobodens.

Sommer in der Stadt bedeutete lange Tage im Freibad, mit gut gefüllten Kühltaschen voll Nudelsalat, Frikadellen und Wassermelone, bedeutete, mit Handtüchern abgedunkelte Dachfenster und innen wie außen, stehende Luft bis zum großen Sommergewitter, das ganz sicher kam, wenn die Vögel aufhörten zu zwitschern.

Vom Blitz bis zum Donner zählte ich mit Paps die Sekunden und hielt mir schnell die Ohren zu.

Wir wohnten in der Pelikanstraße, direkt am Pelikanwerk, das morgens und abends Hunderte von

Arbeitern und Arbeiterinnen verschlang und ausspuckte wie kleine Ameisen.

Bevor sie zu Bahlsen wechselte, hatte auch Mum hier Wochenend- und Spätschichten geschoben, weil es ihr wegen meiner Betreuung nicht möglich war, in ihrem Beruf als Kinderpflegerin zu arbeiten.

An einem Ende der Pelikanstraße standen die Mehrfamilienhäuser der Arbeiterfamilien, am anderen Ende lag die Stadtbahnhaltestelle mit direkter Anbindung an die Innenstadt.

Meinen Vater zog es immer wieder an den Lister Platz und auf die Lister Meile, die mit der neuen U-Bahn von uns aus in wenigen Minuten erreichbar waren.

Er genoss das bunte Treiben dort mit den kleinen Läden, den Cafés, den Schnäppchen bei Woolworth und nicht zuletzt das nahe gelegene „Harrys" mit seinem Flipper, der Cola im Schnapsglas und anderen Versuchungen.

Enge, weiße Jeans, bissel Schlag, figurbetontes Kurzarmhemd… ockerfarben. Paps wurde schnell braun oder zumindest tat er alles dafür, was der tägliche Betrieb der häuslichen Höhensonne belegte. Er bräunte im Freibad, zuhause unter der Höhensonne und mit Hilfe diverser Cremes. Besonders gern bräunte er aber vor unserem Lieblings-Eiscafé auf der Lister Meile.

Ich hüpfte derweil in den nahegelegenen Wellenbrunnen an der Sedanstraße und mit mir viele weitere, kleine Menschen in ehemals weißen Frotteeschlüpfern.

Das mit Wasser umspülte Metall des Brunnens war angenehm warm. Hautkontakt mit dem trockenen Metall dagegen sorgte für leichte bis mittelschwere Verbrennungen und war tunlichst zu vermeiden.

Zahlreiche Wespen versuchten, an das kühle Nass zu kommen und wurden von Kinderhänden und -füßen verscheucht oder eben auch nicht.

Irgendjemand heulte immer.

***

Paps streckte die Beine unter dem kleinen Tisch der Eisdiele aus. Heute war es viel zu heiß, um draußen auf der Lister Meile zu sitzen, und in der Ferne hörte man es auch schon grummeln.

Wir genossen im Gastraum die Kühle der Fliesen unter dem surrenden Ventilator. Paps hatte sich eine Portion Cassata-Eis bestellt. Dazu ein Bier und einen Schnaps.

Ich liebte Fürst-Pückler-Eis. Akribisch aß ich einen Streifen nach dem anderen, trennte Schoko, Vanille und Erdbeere so exakt wie möglich voneinander. Und jedes Mal grübelte ich über die genussvollste Reihenfolge. Meist blieb Vanille, denn das Beste aß ich zum Schluss.

An einer Säule, mitten im Raum, hing ein Spielautomat. Im Mundwinkel das bis zum Schluss aufgesparte Waffelröllchen, wurde ich von diesem Automaten magisch angezogen und stand fasziniert vor dem blinkenden Gerät.

»Paps, darf ich an dem Wandflipper hier spielen?«

Mein Vater reagierte nicht sofort, er war in seine Illustrierte vertieft. Ich ging zurück zum Tisch und zog ihm die Zeitung weg. Stirnrunzelnd sah er mich an.

»Da hängt ein Flipper, wie bei Harry. Darf ich bitte spielen? Nur einmal biiiiiiiittttttteeeee!«

Paps wirkte etwas abwesend, als er sich lang machte und in der Tasche seiner Jeans nach einer Münze suchte. Mit einer Mark ging ich zurück zum Automaten.

Ich hatte keine Ahnung, wie man so einen „Wandflipper“ bedienen sollte. So versuchte ich die Funktion der Bilder und Knöpfe zu entschlüsseln. Doch das Einzige, was mich an den Flipper bei Harry erinnerte, war der Geldschlitz.

Das silberne Geldstück verschwand im Bauch des Automaten und das Gerät setzte sich sofort in Bewegung.

Es surrte und klingelte und die Obstsymbole hinter den kleinen Scheiben begannen zu rotieren. Sie drehten sich so schnell, dass nur noch farbige Schleier zu sehen waren.

Plötzlich stoppte eines der Bilder und zeigte eine Ananas... dann stoppte ein zweites Bild und zeigte eine Ananas... und ein Drittes... eine Ananas.

Der Automat blinkte wie wild und ein ohrenbetäubendes Klingeln, dann eine blecherne Fanfare, gefolgt vom Klirren unzähliger Einmarkstücke, erfüllte das Eiscafé.

Das Ausgabefach war so voll mit Münzen, dass einige schon auf den Boden fielen. Die anderen Gäste schauten zu mir herüber und kopfschüttelnd, missbilligend, tuschelnd zu Paps.

Ich war enttäuscht. Ich hatte gar keine Knöpfe drücken können. Was war denn das für ein blöder Flipper?

Paps ging grinsend zum Tresen und ließ sich einen Pappbecher geben. Dort hinein fischte er die Markstücke aus dem Ausgabefach. Ich sammelte die Stücke vom Boden auf und reichte sie Paps. Der lächelte mich an.

»Das sind deine, Rübe. Glückwunsch zum Jackpot!«

Ein Lottogewinn, der ein Sofa ermöglichte, mein Jackpot und später „Freie Auswahl" an Losbuden.

Hatten wir nicht enorm viel Glück?

Geheimnisse

Die Pelikanstraße im Nordosten der Stadt, mein Revier, gepflegte Vorgärten beschützt von strengen Bröckelmännern und -frauen, Hinterhöfe voller Vogelgezwitscher, Keller voller Kohlen und Dachböden voller Geheimnisse.

Und es gab den Tintus.

Der kleine Bach an der Industriebrache, die direkt an das Gelände des Pelikanwerk grenzte, hatte seinen Namen nach der Tinte, die das Werk für seine Füller nutzte.

Natürlich war der Zugang durch einen Drahtzaun versperrt und natürlich interessierte uns Kinder diese Barriere nicht die Bohne. Wir waren schmal genug, um durch die kleine Kuhle zwischen Boden und Zaun zu robben.

Der Tintus war das Refugium rivalisierender Piratenbanden, er schlängelte sich durch einen Urwald aus Brennnesseln und Brombeersträuchern, er stand mehr als er floss. Und er stank. Dieser Ort war alles andere als heimelig, aber absolut frei von Erwachsenen.

Als die Piratenphase endete, wurde er von uns wissenschaftlich untersucht. Fein säuberlich wurden Beobachtungen in umgewidmete Schulhefte eingetragen.

„Farbe: Braun"

„Geruch: stinkt"

„Geheime Versuche in der Fabrik."

„Unbekanntes Auto vor Zaun."

Wir waren uns sicher, dass unsere Ermittlungen von größter Bedeutung für die Menschheit wären.

Unsere großen Vorbilder waren die Fünf Freunde der gleichnamigen Bücher und Hörspiele.

„Fünf Freunde das sind wir. Julian, Dick und Anne, George und Tiiiiimmiiiii der Huuhuund!"

Das Spielen am Tintus hatte ein jähes Ende, als der Zaun verstärkt, die Kuhle aufgefüllt und wir von unseren Eltern bei harter Strafe aufgefordert wurden NIE WIEDER auch nur in die Nähe des Baches zu gehen.

Unsere Vermutungen sahen wir nun bestätigt:

Hier waren geheime Kräfte am Werk.

Aus Ermangelung an Möglichkeiten weiterer Recherche verlegten wir unsere Aufmerksamkeit nun auf das Ausspionieren der Nachbarn und gründeten eine Detektei, deren Büro wir in unserem Keller einrichteten.

Und dann gab es ja auch noch die rätselhafte Kammer auf unserem Dachboden.

Frau Bröckelmann, unsere Vermieterin, hatte Geld und wusste, wie es sich vermehren ließ. Dafür brachte sie Opfer.

Der große Dachboden unseres Hauses verfügte über einen Tag und Nacht verschlossenen Raum. Nie sah ich die Tür geöffnet, durchs Schlüsselloch war nur wenig zu erspähen. Ich glaubte, ein Bett zu erahnen, Matratzen und dickes Bettzeug.

Meine Fantasie schlug Purzelbäume. Wer wohnte dort? Oder hielt die Bröckelfrau da jemanden gefangen?

Immer wieder lauschte ich an unserer Haustür, wenn jemand die Treppe zu uns unters Dach hinaufstieg.

Auf unserer Etage befand sich die Tür zum Dachboden und von hier aus ging es über eine steile, schmale Treppe weiter hinauf zu den Wäscheleinen, hinauf zu dunklen Ecken hinter Dachsparren und zur geheimnisvollen Kammer.

Ich lauschte an unserer Wohnungstür nach Schritten, die diese Stiege zum Dachboden hinaufgingen. Hatte ich die Chance, dann schlich ich hinterher und legte mich am Fuß der Stiege lauschend auf die Lauer. Wurde die Tür zur Kammer geöffnet? Wen oder was verbarg sie?

Im Herbst, wenn der Wind durch die Dachsparren zog, dann meinte ich, ein Weinen zu hören.

»Paps, was ist in der Kammer?«

»Das ist das Geheimnis der Bröckelfrau. Halte dich von der Kammer fern. Die Bröckelfrau sieht alles!«

So war ich bei meiner Spionagearbeit und besonders beim Spähen durch das Schlüsselloch ständig auf der Hut vor dem allsehenden Auge der Frau Bröckelmann.

Mein Vater teilte meine blühende Fantasie und liebte das Drama. Er ließ keine Gelegenheit aus, meine Vorstellungskraft zu befeuern.

»Vielleicht versteckt sie dort ein entführtes Kind oder es ist gar kein Mensch, sondern ein seltenes Tier. Vielleicht lebt dort auch ihr Mann, denn hast du ihn schon jemals gesehen?«

Ich schauderte, ich rätselte, ich spionierte, doch der Zauber des Gruselns fand eines Tages ein jähes Ende.

»Frau Bröckelmann hat Messegäste«, erzählte meine Mutter beim Frühstück.

Ich hatte keine Ahnung, was das bedeuten sollte, keine Ahnung von der Tragweite dieser Information.

Paps sah mich an und wusste das. Er seufzte.

»Rübe, sie vermietet ihre Wohnung an Leute, die hier in der Stadt zu Besuch sind und schläft in der Kammer auf dem Dachboden.«

Ein kribbeliges Rätsel zersprang in tausend Stücke und hinterließ in mir eine unangenehme Leere.

***

So, wie ich nun Frau Bröckelmanns „Geheimnis" kannte, so kannte sie auch das Geheimnis meines Vaters, war sich mit der Zeit ihrer Ahnungen immer sicherer geworden.

Die Besuche dieses anderen Mannes… der blieb ja sogar über Nacht und gehörte ganz sicher nicht zu Familie.

Die Reisen ohne Frau und Kind.

Und letztens, war da nicht ein Hauch Wimperntusche um die Augen ihres Mieters zu erkennen gewesen?

Widerlich und unnatürlich war das und das würde sie ihm bei Gelegenheit schon sagen. Direkt in das viel zu hübsche Gesicht.

Schließlich war das hier ein ehrenwertes Haus.

***

„Ein ehrenwertes Haus“, der Song von Udo Jürgens, wurde 1974 veröffentlicht und beschrieb damit treffend den Riss, der die Gesellschaft zu dieser Zeit spaltete.

Frau Bröckelmann stand auf der einen und Paps auf der anderen Seite.

Unsere Vermieterin hörte irgendwann auf, Paps zu grüßen. Sie drehte sich demonstrativ weg, wenn sie ihm im Treppenhaus begegnete oder schüttelte stumm den Kopf, wenn sich ein Blickkontakt nicht vermeiden ließ.

Paps litt darunter, er wollte nichts lieber, als anerkannt zu werden, und doch nahm er diese Demütigungen hin.

Was hatte er auch für eine Wahl?

Ich spürte Frau Bröckelmanns Feindseligkeit. Erklären konnte ich sie mir nicht.

Wir mussten mehrmals am Tag an ihrer Wohnungstür vorbei, wenn wir das Haus verließen oder heimkamen. Sie hörte uns auf der Treppe, sie schielte hinter ihren Gardinen hervor, hatte Eingang und Vorgarten stets im Blick.

Es gab kein Entrinnen.

In meiner Vorstellung wurde sie immer mehr zu Frau Mahlzahn, der Drachenfrau aus der Geschichte von Jim Knopf. Ihre Wohnungstür erschien mir wie der Eingang zur Drachenhöhle. Wie im Weihnachtsmärchen.

Dabei hatte Frau Bröckelmann selbst Angst, gefressen zu werden - von all dieser neuen Freiheit da draußen, diesen Hippies, die ihre Meinung öffentlich zur Schau stellten, sich zur Schau stellten.

„Das Private ist politisch", was sollte das denn heißen? Aus der Politik hatte man sich tunlichst rauszuhalten.

Hatte man nicht grade den Krieg hinter sich gelassen, sich etwas aufgebaut, die Ordnung wieder hergestellt? Konnte nicht endlich einmal RUHE herrschen?

Zu Mum war sie betont freundlich, mich beachtete sie nur, wenn ich in ihren Augen störte.

Das tat ich wohl oft, denn ich trat zu stark auf der Treppe auf, ließ die Haustür zu laut ins Schloss fallen, ich hatte mit Kreide auf den Gehweg gemalt, hatte mit meinen Schuhen die frisch gebohnerte Treppe beschmutzt und ganz sicher war das doch mein Kaugummipapier, das da bei den Briefkästen lag. In unserem Haus war ich das einzige Kind.

An Sankt Martin, wenn wir Kinder an den Türen der Nachbarn klingelten, um Süßes zu erbetteln, blieb Frau Bröckelmanns Klingel still. Da hatte sie ihre RUHE.

»Frau Bröckelmann ist einsam«, sagte Mum.
Ich nahm mir vor, niemals einsam zu sein.

Fischeier

Es gab diese Samstage, an denen wir nur Mutter, Vater und Kind waren. Morgenstunden ohne Onkels, einfach nur wir drei und die Zebrafinken.

Ich war vor meinen Eltern aufgewacht und ich war voller Liebe für diese beiden, die Sonne, die Vögel und in Vorfreude auf diesen Tag.

Es gab nichts, das mich sorgen ließ, nichts, das Bauchgrummeln machte. Ich war noch ein paar Jahre entfernt von allem Kummer.

Die Sonne schien durch die Dachfenster und im Hinterhof veranstalteten die Vögel ihr morgendliches Konzert. Ich liebte diese Sinfonie und besonders den Kuckuck, der irgendwo dort in den Obstbäumen der strengen Vermieter unseres Wohnkomplexes leben musste.

Ich liebte das Lied „Der Kuckuck und der Esel", das ich mit meinen Eltern zum Klang einer abgenudelten Schallplatte mit Kinderliedern sang.

Ich liebte „Die Vogelhochzeit", von der meine Omi alle Strophen beherrschte. Vogelzwitschern würde mein Herz und mein Ohr immer weit werden lassen und ein Gefühl von Zuhause hervorrufen, überall.

An diesem Morgen nahm ich mir vor, Brötchen zu holen.

Der kleine Tante-Emma-Laden an der Ecke unserer Straße hielt die wichtigsten Nahrungsmittel immer bereit. Die beiden uralten Schwestern führten ihn über Jahrzehnte. Hier hatte ich zuvor schon oft mit meiner Mutter Brötchen gekauft.

Ich zog mich an und schlich in den Flur. Die Schlafzimmertür meiner Eltern war angelehnt, Paps schnarchte ein bisschen.

Aus der Handtasche meiner Mutter zog ich ihre Geldbörse. Ich fand nur einen einzigen Schein. Fünfzig Mark. Ich zog ihn heraus, faltete ihn so klein wie möglich und stopfte ihn in meine Geldbörse.

Ich holte den Einkaufskorb aus der Küche und schnappte mir meine Clocks. Ich hatte es eilig und mit dem Binden von Schleifen tat ich mich immer noch schwer. Meine geliebten Clocks zog ich erst unten im Treppenhaus an, denn ihre hölzernen Absätze machten nicht wenig Lärm auf den frisch gebohnerten Treppenstufen.

Um keinen Preis wollte ich die Bröckelfrau wecken.

***

»Bitte drei Normale und ein Butterhörnchen.«

»Macht 70 Pfennige! Darfs noch etwas sein?«

Etwas verwundert nahm die alte Dame meinen großen Schein entgegen und gab mir eine Menge Kleingeld und

72

weitere Scheine zurück. Was für eine unerwartete Vermehrung.

Ich überlegte, dass es im Hinblick auf diesen Geldsegen nun sicher in Ordnung wäre, wenn ich unser Wochenendfrühstück um eine süße Komponente erweitern würde.

Zwei Straßenecken weiter gab es einen neuen Kiosk. Dort konnte man sein Taschengeld in bunte Tüten investieren und sich für die wöchentlichen 50 Pfennige eine ganze Menge Bauchweh holen.

Das Schlaraffenland, voller durchsichtiger Plastikeimer mit den leckersten Naschereien, war in einem kleinen Vorzelt des Kiosks untergebracht. Im Sommer summte und brummte es hier von Wespen, es roch nach geschmolzenem Weingummi und erhitzter Plastikplane.

Die Besitzer des Kiosks warteten geduldig auf die Wahl überforderter Süßmäuler, legten mit Bedacht einzelne Nappos, weiche Gummischlangen, Colaflaschen, Esspapiere und knochenharte Fruchtgummitaler in spitze Tütchen.

Aufgrund meines Reichtums wählte ich eine Uhr und eine Kette, deren bonbonsüße Glieder, bis auf das am Ende spucke-feuchte Gummiband, abgeknabbert werden konnten. Dazu entschied ich mich für drei Schleck-Muscheln, eine rote für mich, gelb für Mum und grün für Paps.

Zum Bezahlen ging ich in den Verkaufsraum und stand grübelnd am Verkaufstresen vor der Auslage hinter Glas.

Da standen Honig und Marmelade und einige sehr kleine Gläser mit undefinierbarem, schwarzem Inhalt.

»Was ist das da?«

»Kaviar!« Das Wort hatte ich schon gehört.

Paps war ein leidenschaftlicher Esser, ein absoluter Genussmensch und für jede Extravaganz zu haben. Davon boten die Siebziger eine ganze Menge.

In unserem Küchenschrank fanden sich Dosen mit Schildkrötensuppe und Gläser von Muschelfleisch.

Vor meinen entsetzten Augen hatte er Froschschenkel in einem Restaurant verspeist und schwärmte von ihrem zarten Geschmack nach Hühnchen.

»Probier mal, Rübe!«

Ich heulte und war kaum zu beruhigen. Ich liebte alle Tiere, ich war die Retterin toter Vögel und überfahrener Igel, die ich voller Hoffnung auf Wiederbelebung mit in die Wohnung brachte und die meine Eltern dann heimlich entsorgten.

Paps hatte einmal behauptet, Igel würden sterben, wenn ihnen ein Stachel fehlt. Also untersuchte ich die Igel auf fehlende Stachel. Waren alle noch dran, hatten sie schließlich noch eine Chance.

Jetzt stand ich vor dem Tresen und dachte angestrengt über Kaviar nach. Ich kam zu dem Schluss, dass Kaviar etwas war, das auf Paps Speiseplan zu passen schien und nicht tierischen Ursprungs sein konnte, da ich von so einem Tier noch nie gehört hatte. Außerdem hatte ich in unserer Küche so ein Glas noch nie gesehen.

Es war so klein, es konnte also auch nicht teuer sein…

Wir frühstückten im Bett. Mum und Paps nahmen mich in ihre Mitte.

Den Kaviar probierte ich mit einem Eierlöffel. Die salzigen Kügelchen machten ein seltsames Gefühl auf der Zunge. Ich spülte es mit einem großen Schluck Kaba mit Erdbeergeschmack herunter.

Paps häufte die schwarze Masse auf sein halbiertes Frühstücksei und tat so, als würde er mit mir anstoßen.

»Auf dich Rübe und deinen exquisiten Geschmack!«

»Sie ist unbestritten deine Tochter«, Mum biss genüsslich in ihr Käsebrötchen. »Den Rest der Woche essen wir jetzt wohl Tütensuppe.«

Tütensuppe war mir recht. Die mit den Buchstaben liebte ich besonders.

Da fiel mir etwas ein.

»Woraus macht man eigentlich Ka...«, Paps ließ mich nicht ausreden, sondern kreiste mit seinem Zeigefinger über meinem Bauch, bereit zum Angriff der „Kitzelrakete“.

Ich vergaß meine Frage sofort und zog mir kreischend die Decke über den Kopf.

Kaba und Kaviar. Für uns passte das perfekt.

Paps

Oma flüchtete mit sieben Kindern, Paps war damals ihr jüngstes. Er konnte sich erinnern, auf der Flucht im Kinderwagen unter einem Berg von Gepäck gelegen zu haben.

»Ich bekam kaum Luft, ich konnte nichts sehen. Es ist kein Wunder, dass ich enge Räume nicht ertragen kann, oder? Bei der Bundeswehr haben sie versucht, mich in einen Panzer zu stecken. Ich musste mich da drin übergeben. Auf die Idee kamen die nie wieder.«

Bis auf die Sache mit dem Panzer habe Paps die Zeit beim Bund aber durchaus genossen, behauptete Onkel Didi gern grinsend, wenn die Sprache auf dieses Thema kam. Paps widersprach dem nicht und lachte nur.

Paps hatte ein wunderschönes Lachen.

Auf seine weißen Zähne war er stolz. Umso mehr ärgerte ihn die kleine Lücke zwischen den Schneidezähnen. Sie stand seinem Hang zur Perfektion im Weg, sie störte seinen Sinn für Ästhetik. Wäre es möglich gewesen, er hätte sie mit DC-Fix kaschiert.

So freundlich und tolerant er mit seinen Mitmenschen umging, so streng war er zu sich selbst.

Er legte Wert auf perfekte Manieren, hielt sich besonders grade, er zog den kleinen Bauch ein und trug hochwertige Kleidung, die das familiäre Budget regelmäßig überforderte.

Ein Mantel aus Kaninchenfell war sein ganzer Stolz und Mum zog ihn gern damit auf, dass er beim Anzugkauf einmal um ein besonders „geleeres" Sakko gebeten hatte. Paps meinte leger. Er hob sich auch sprachlich gern von anderen ab, was nicht immer gelang. Paps tat alles, um dem Arbeitermilieu seiner Herkunftsfamilie zu entkommen.

Seine Brüder, bis auf den jüngsten, folgten dem Beispiel des Vaters und arbeiteten körperlich hart bei der Bahn, im Straßenbau und im Fernverkehr, die Töchter gingen in die Fabriken oder wurden Verkäuferinnen.

Paps dagegen besuchte nach der Arbeit die Abendschule und arbeitete sich so in der Firma vom ungelernten Lageristen zum technischen Angestellten mit Personalverantwortung hoch.

»Wir halten große Stücke auf Sie. Ihnen stehen bei uns viele Wege offen.«

Sein Ehrgeiz beeindruckte seine Vorgesetzten, bei seinen Kollegen war er beliebt. Besonders bei den Kolleginnen.

Wer Geburtstag hatte, spendierte in der Abteilung ein Frühstück. Mum bereitete riesige Portionen Nudelsalat, die Paps in einem großen Tupperwarenbehältnis, zusammen mit Bergen von Buletten, in die Firma transportierte. Sein Chef überreichte ihm Blumen, die er dann am Abend Mum schenkte.

Ein verlässlicher Mitarbeiter, geschätzter Kollege, liebevoller Ehemann und Vater. Paps war alles das und noch ein Stück mehr.

Er bewegte sich zwischen zwei Welten, die keine Schnittmenge hatten. Auch das homosexuelle Milieu hatte Regeln, erwartete ein entsprechendes Verhalten und war nicht frei von Vorurteilen.

Paps versuchte, den Ansprüchen beider Welten gerecht zu werden und stand damit zwischen allen Stühlen.

Für einen Familienvater war er den einen zu schwul und den anderen zu sehr Familienvater. Dass die Wahrheit genau dazwischen lag, dass beides zu seinem Leben gehörte, konnte weder die eine noch die andere Seite wirklich verstehen. Sicherheit fand jede Seite nur in der Arroganz der Abgrenzung, in der Verurteilung der anderen.

Zu schwul, zu hetero, zu hübsch, zu spießig, zu laut, zu leise, zu bunt, zu angepasst. Bei alldem war Paps viel zu wenig er selbst, aber er zeigte nach außen hin verlässlich sein strahlendes Lachen.

Es wurde über ihn getuschelt, Paps lachte.

Frau Bröckelmann grüßte ihn nicht mehr, Paps grüßte sie umso herzlicher. Jemand machte einen Witz auf seine Kosten, Paps lachte mit.

Ich schaue mir alte Fotos an. Paps lacht auf jedem Bild.

Ich schaue mir alte Fotos an. Ich lache auf jedem Bild.

Freischwimmen

Paps, Mum, Omi, alle achteten sehr auf ihr Gewicht. Nicht, dass sie dick gewesen wären, der Bademeister im Nordost-Bad, der war dick.

Ich beobachtete leibliche Genüsse, gefolgt von tiefer Reue, gefolgt von Selbstkasteiung durch Verzicht, unzählige Diäten und bei Paps zudem exzessiven Sport und Abführmittel. Ich wurde automatisch zur Verbündeten in diesem Kampf, den ich heute noch führe.

Paps schwamm den Pfunden davon, er kraulte sich ins Kaloriendefizit und ich schwamm mit. Mit grade fünf Jahren hatte ich meinen Freischwimmer. Stolz trug ich das Abzeichen am Badeanzug. „Kaulquappe" nannte mich der dicke Bademeister, der ein bisschen aussah wie Oliver Hardy, dem Dicken von Dick und Doof.

Wir gingen unter der Woche täglich ins Schwimmbad. Immer abends gegen 17 Uhr, wenn mein Vater von der Arbeit kam. Freitags kamen für uns Frauen Besuche der Sauna hinzu, denn da war „Damentag" und meine Mutter und Großmutter ließen kaum einen Saunafreitag aus.

Omi ging zudem mittwochs noch gern in die gemischte Sauna. Ihr Interesse an netten Herren verband sie mit Paps.

Die beiden hatten sich immer etwas zu erzählen.

Das Wasser wurde mein Element. Dabei tauchte ich mehr, als dass ich mich oberhalb befand. Ich liebte die Reflexionen am Boden des Beckens, wenn die Sonne durch die Wasseroberfläche brach, glitt als Nixe durch imaginäre Fischschwärme und genoss die Umarmung der Stille.

Während Paps seine Runden zog, die Kilometer und sich selbst bezwang, wurde ich zu Esther Williams, deren Filme ich so sehr liebte.

Ich durfte auf Paps Hände steigen und er wurde zur Fontäne, auf der ich in die Höhe schoss, mich so lang wie möglich machte und versuchte, im eleganten Bogen ins Wasser einzutauchen. Paps war das Seeungeheuer „Nessie", das mich durch das Becken jagte.

Meine Mutter war Teil des Ganzen, nur stiller, viel zarter, aber dafür beständig.

Paps nahm viel Raum. Ihm und mir gehörten die Samstage, wenn Mum arbeitete, da er ja dann Zeit hatte auf mich aufzupassen.

Es ist nicht fair Mum gegenüber, die im Alltag immer für mich da war, aber meine Erinnerung ist voller Samstage.

***

Ganz wie Paps, verfügte auch Omi über zahlreiche Bekanntschaften.

Onkel Gerd, verheiratet, eine jahrzehntelange Affäre oder, wie Omi beteuerte „ein guter, alter Freund!" hatte uns zum Baden an einen der Ricklinger Kiesteiche eingeladen.

Wir waren in Omis rotem Audi zum Treffen gefahren, hatten am Rand der Teiche geparkt und waren dem schmalen, sandigen Weg, mit Klappliegestühlen und Kühlbox bepackt, bis zum Ufer des kleinen Sees gefolgt. Onkel Gerd wartete dort schon auf uns, stattlich, gebräunt und in knapper Badehose.

Wir klappten die bunten Liegestühle auf und Omi fischte eine kühle Sunkist-Limo für mich aus der Kühlbox.

Beim Versuch, den kurzen, dünnen Strohhalm durch das kleine, aluverschlossene Loch der Limobox zu stechen, knickte der Halm wie gewohnt und war nicht mehr zu gebrauchen. Ich presste meine Lippen an die pyramidenförmige Trinkbox und saugte das süße Getränk direkt heraus. Beim Absetzen tropfte eine beträchtliche Menge auf mein rotes Bikinioberteil und meinen Bauch.

»Jetzt aber schnell ins Wasser, sonst kommen gleich die Wespen.« Omi schaute besorgt, nahm meine Hand und ging mit mir in den See.

Damals war sie Mitte Fünfzig. Sie hatte eigentlich Medizin studieren wollen, geboren 1919, aber ihr Vater verbot ihr das Studium. „Das ist nichts für eine Frau!" So arbeitete sie als Sekretärin.

»In einer Nervenheilanstalt und ihr wollt gar nicht wissen, was ich da alles gesehen habe. Aber der Professor mochte mich, der hat mich gefördert. Vielleicht hätte ich ja doch noch Medizin studiert.«

Doch dann kam der Krieg und Omi arbeitete im Lazarett. »Auch nur Verrückte!«

Später studierte sie dann doch noch. Sie wurde Lehrerin.

Omi legte großen Wert auf ihr Äußeres. Auch das verband sie mit Paps. Den neuen, goldbraunen Einteiler trug sie heute am See zum ersten Mal. Über der Brust war der Stoff des Badeanzugs elegant gerafft, dazu um den Hals eine auffallende Perlenkette und goldene, muschelförmige Ohrclips. Hand- und Fußnägel waren sorgfältig lackiert und passten zur Farbe des Lippenstiftes.

Omi besaß eine ganze Batterie an Lippenstiften und Nagellacken und erweiterte das Sortiment ständig mit Hilfe der netten Avon-Tante, die so regelmäßig zum Kaffee vorbeikam, dass ich glaubte, sie gehöre tatsächlich zur Familie.

Meine Großmutter war kurz vor der Fertigstellung der Mauer, der deutsch-deutschen Grenze, mit meiner Mutter und ihrem drei Jahre älteren Bruder aus der damaligen „Ostzone" geflohen.

Sie hatte sich kurz davor von ihrem ersten Mann getrennt und sich mit zwei Kindern und zwei Koffern auf den Weg in ein neues Leben gemacht.

Omi, stark, aufrecht, voller Träume, aber mit Prinzipien und immer für ein Abenteuer zu haben.

»Der Hecht ist riiiiesig und über hundert Jahre alt! Er ist so schlau, niemand schafft es, ihn zu fangen. Pass auf, dass er dir nicht die Zehen abbeißt.«

Diese Information über den hundertjährigen Hecht erhielt ich von Onkel Gerd mitten im tiefen Wasser, als wir auf eine kleine Insel in der Mitte des Teichs zu schwammen.

Algen streiften meine Arme, mein Herz raste.

Ich versuchte, meine kurzen Beine so dicht wie nur möglich unter meinen Körper zu ziehen. Eine kaum zu ertragende Enge legte sich um meine Brust und mit hastigen Schwimmstößen floh ich ans Ufer, atemlos vor Panik.

Noch nicht mal die Aussicht auf ein Pony hätte mich bewogen, jemals wieder in diesem Teich zu schwimmen… Oder in irgendeinem anderen natürlichen Gewässer. Lebenslang.

Und da war sie wieder. Die Angst gefressen zu werden.

Die kannte ich aus den Nächten, aus Träumen von langen, dunklen Fluren, an deren Ende sich ein Rudel Wölfe sammelte, um mich mit rotglühenden Augen zu jagen. Ich ging ihnen entgegen, denn lieber sollten sie mich schnell fressen, als dass ich diese lähmende Angst länger aushalten müsste.

In manchen Träumen aber schaffte ich es bis auf das Dach unseres Hauses. Von hier aus konnte ich entkommen. Ich sprang in die Tiefe und wedelte wild mit den Armen, bis ich erleichtert spürte, wie mich die Luft trug.

So flog ich den Wölfen und der Angst davon.

Mum

Im Frühling, wenn ich Ostereier im Stadtwald, der Eilenriede, suchte, dann ging Paps voran und versteckte die kleinen Köstlichkeiten. Ich sammelte sie in einem Körbchen, das Mum trug und aus dem Paps immer wieder Eier stibitzte, um sie erneut zu verstecken.

So war ich den ganzen Spaziergang beschäftigt.

Man musste die Dinge schließlich auskosten, wieder und wieder, aber wohl auch die Fehler, wieder und wieder.

Als Paps einige Jahre später begann, sich langsam aus unserem Leben zu stehlen, bekam Mum mehr Raum und sie füllte ihn mit so viel Liebe, wie ihr nur irgend möglich war.

Wie viel Liebe kann jemand geben, der als kleines Mädchen ständig verpflanzt wurde, kaum, dass es zarte Wurzeln bilden konnte?

Wie liebt jemand, der seine Mutter mehr in den Armen fremder „Onkels" sah, als dass sie selbst von ihr umarmt worden wäre?

Mit ganzem Herzen! Nur so geht das mit der Liebe. Ein bisschen lieben geht nicht.

Ich liebte Mum und ich liebte Omi!

Ich bewundere meine Großmutter heute noch. So sichtbar und lebendig, so lebenshungrig wie Paps, aber auch ebenso raumgreifend. Es war schwer, neben ihr sichtbar zu sein und zu bleiben. Besonders für ihre stille Tochter.

Es gibt ein Foto meiner Mutter. Vielleicht 15-jährig, steht sie im hellen Trenchcoat am Bahnsteig, Sie lächelt und schaut den Betrachter etwas scheu aus großen, braunen Augen an.

Aber sie wirkt nur auf den ersten Blick unsicher, denn hinter diesem Blick ist ein Feuer, eine so große Neugierde auf das Leben. Ich liebe das Bild.

Und mit Paps stand da plötzlich knapp fünf Jahre nach der Aufnahme dieses Leben vor ihr, mit einem charmanten Lächeln, bei diesem legendären Tanztee, der mich möglich machte.

***

Der Brautstrauß aus weißen Freesien und rosa Nelken.

Das Brautkleid von der Tochter einer Bekannten geliehen.

Der unglücklich in Mum verliebte Onkel unter den Gästen, die Feier in der Wohnung meiner Großmutter und ihres zweiten Mannes, im dritten Stock der Göbenstraße.

Es gab Likör, Asti Spumante und einen Käse-Igel.

Warst du da glücklich, Mum?

***

Omi erzählte sehr lebendig von der Flucht mit Tochter und Sohn in den Westen.

Opa Jena hieß so, weil er in Jena lebte. Später besuchten wir ihn regelmäßig dort. Er war, wie so viele junge Ehemänner, traumatisiert aus dem Krieg zurückgekehrt und meine Großeltern fanden nicht mehr zueinander.

Omi liebte Opa Jena, aber sie ertrug ihn nicht mehr.
Sie nahm die Kinder und plante die Flucht.

Reisen in den Westen Berlins waren noch möglich und so wurden Freunde besucht und einige Habseligkeiten schon vor der Flucht dort untergebracht. Gern gesehen waren diese Besuche im Westen nicht, und die Ostzone gänzlich zu verlassen, war auf legalem Weg schon nicht mehr möglich.

»Ich wollte nicht, dass meine Kinder im Umgang mit Waffen unterrichtet werden, denn so war das, ‚drüben‘, schon in der Schule.«

Das war die „offizielle" Erklärung meiner Großmutter für ihre Flucht.

Dass Onkel Gerd, der lebenslang „gute Freund", schon vor ihr „rübergemacht hatte", das erwähnte sie nicht. Und als sie dann endlich selbst im Westen war, da hatte er eine andere.

Omi war klug, stark und stolz. Das Leben hielt doch sicher noch Besseres für sie und die Kinder bereit.

Die junge Lehrerin aus dem Osten kämpfte sich durch die Zeit im Auffanglager und mit zwei Kindern in ihre erste Anstellung an einer kleinen Dorfschule in Münchehagen.

Mein Onkel, drei Jahre älter als Mum, wurde recht schnell in einem Jungeninternat in Bederkesa untergebracht. Mein Onkel konnte meiner Großmutter diese „Abschiebung“, wie er es nannte, nie verzeihen.

Mum wurde im Lauf ihrer Schulzeit an acht unterschiedlichen Schulen eingeschult. AN ACHT SCHULEN! Kaum eingewöhnt, zog meine Großmutter mit ihr weiter.

Mein Onkel steuerte auf das Abitur zu, meine Mutter von Umzug zu Umzug.

Omi war ihr Leben lang auf der Suche nach Liebe. Sie hatte zwei große Lieben erfahren. Die eine nahm ihr der Krieg. Die andere Liebe nahm ihr eine Hepatitis, an der sie selbst zeitgleich mit ihrem zweiten Mann erkrankte und die „Opa Rudolf“ nicht überlebte.

Auch die Kindheit und Jugend meiner Mutter wurde also von diversen Onkels flankiert.

Erlosch das Feuer, verpufften die Versprechungen der adretten Herren an die junge Lehrerin, dann zog meine Großmutter weiter. Im Gepäck ein kleines Mädchen, das lernte, seine eigenen Bedürfnisse hintenanzustellen und sie dort zu lassen.

Bis heute.

***

Liebe ist…

Meine Mutter „mummelt" mich sicher und fest in die Decke. Wie in einem Kokon bin ich behütet und geborgen. Die Decke muss das halbe Ohr bedecken.

»Aber nur das halbe Ohr!«

Mum gibt mir einen Kuss auf die Nase. »Schlaf schön, Mausematz!«

Ich darf auf ihrem Rücken liegend am Wochenende Mittagschlaf halten. »Aber bitte lieg ruhig.«

Jede kleine Schramme wird besungen.

»Heile, heile, Gänschen, ist bald wieder gut. Gänschen hat ein Schwänzchen, ist bald wieder gut. Heile, heile Mäusespeck, in hundert Jahr 'n ist alles wieder weg!«

Als ich zu groß zum Einmummeln, zu alt für heile Gänschen und zu schwer für den Schlaf auf ihrem Rücken wurde, da wurden körperliche Zuwendungen weniger.

Wir entwuchsen ihnen gemeinsam.

***

Liebe Mum,
wer hat dich in den Arm genommen, wenn Paps bei Onkel
Didi war?

Ich habe so viele Fragen und weiß nicht, ob ich mich traue
sie dir zu stellen. Vielleicht braucht es noch Zeit.
Haben wir beide diese Zeit?
Ich habe den Wunsch, unsere Geschichte zu erzählen mein
ganzes Erwachsenenleben mit mir herumgetragen.
So oft habe ich mit dem Schreiben begonnen und das
Ganze dann wieder verworfen. Es gab da diese große
Angst in mir, dass du diese Sehnsucht nicht verstehst. Du
würdest dir selbst nie so viel Raum nehmen. Das hat mich
immer traurig gemacht, weil du es verdienst gesehen zu
werden.
Darf ich dir und uns bitte diesen Raum geben?

Über die Jahre haben wir viel miteinander erlebt und
geteilt. Bei allem, was uns insbesondere in den achtziger
Jahren forderte und oft auch voneinander entfernte, war
ich mir immer dieses Schatzes bewusst, den unsere
Geschichte mit Paps, unsere ersten zehn Jahre, für mich
bedeuten.

Ich bin jetzt in dem Alter, da warst du schon Oma. Deine wundervolle Enkelin, meine Tochter bereichert unser Leben auf so vielfältige Weise und ich weiß doch auch, bei allem Schönen, ich hätte als Mutter einiges anders machen sollen.

Das, was ich mir als Mutter am meisten wünsche, das ist das milde Urteil meines Kindes. Bitte lass meine Tochter sagen, dass das, was nicht gelang, mit der Gewissheit, dass sie sich geliebt fühlte, aushaltbar war, dass sie sich ihren Eltern immer verbunden fühlte.

Ich wünsche meiner Tochter von ganzen Herzen, dass es ihr so geht wie mir. Sie soll nie daran zweifeln, dass ihre Eltern sie lieben und immer für sie da sind.

Mum, du hast mir dieses Gefühl geschenkt.

Paps ebenso.

Unsere Geschichte zu erzählen, bedeutet, mich zu bedanken. Bei dir und Paps, bei Omi, deren Geschichte ein eigenes Buch wert wäre und ich wünschte, sie hätte es geschrieben. Sie hatte es eigentlich vor.

Unsere Geschichte zu erzählen, bedeutet für mich, Erinnerungen zu bewahren und zu hoffen, dass etwas von uns allen bleibt, in den Herzen unserer Lieben, in den Herzen der Menschen, die uns wohlgesonnen sind.

Je älter ich werde, desto größer ist meine Angst vor dem Tod. Ich versuche zu ergründen, was mir Angst macht. Ich glaube, es ist die Angst, dass Wichtiges ungesagt und Gemeinsames ungelebt bleibt.

Alles auszusprechen, das fällt mir noch schwer, aber dieses Wichtige aufzuschreiben, das fühlt sich in diesem Moment genau richtig an.

Ich hoffe, dass ich den Mut finde, das hier eines Tages mit dir zu teilen.

Wimpern und Augenbrauen

»Wir müssen los, es ist Viertel vor zehn!«
Meine Mutter klopfte energisch an die Tür des Badezimmers.

Paps hatte große Angst vor dem Verlust seiner Haare. Noch hielt sich der Haarverlust in Grenzen, aber er versuchte alles, um sein blondes Haar voller erscheinen zu lassen. Er kämmte es von links nach rechts, von vorne nach hinten, er schüttelte, er wuschelte, er toupierte und versprühte Wolken von Haarspray in unserem kleinen Bad, mit der uralten Wanne aus Emaille und dem Kohleofen.

Die Krönung seiner Bemühungen war die frische Dauerwelle, die er nun versuchte in Form zu bringen.

Mit seiner „Minipli" war er Vorreiter einer haarigen Bewegung, die später in den 80ern ihren Höhepunkt finden sollte, da plötzlich ein lockiger Privatdetektiv mit Schnauzer das Fernsehen eroberte und Locken über Nacht unfassbar männlich wirkten.

Paps besetzte das Bad nun schon seit neun Uhr, meine Einschulungsfeier begann um zehn.

Es war 1978, Anfang August. Im September würde ich sieben Jahre alt werden, ein Kann-Kind, das ein Jahr länger spielen und Kind sein durfte.

»Du hast wieder meine Wimpertusche benutzt!«

Meine Mutter starrte Paps entsetzt an.

»Nur einen Hauch!« Schwungvoll griff er sich die schicke Herrenhandtasche und steuerte zur Wohnungstür.

»Auf ins Gefecht!«

Damit sprach Paps aus, was Mum dachte. Obwohl sie gelernt hatte, die Blicke der Leute zu ignorieren.

Mutter, Vater, Kind und „Nur ein Hauch!“ von Irritation.

***

Wir schafften es pünktlich in die Aula der Schule. So spät aber, dass die Stuhlreihen schon gut besetzt waren.

Begrüßung der Familien, Einteilung der Klassen. Abmarsch in Zweierreihen in den Klassenraum. Die Eltern begleiteten die Schulanfänger bis zum Klassenraum, durften kurz mit an den Platz und wurden dann freundlich, aber sehr bestimmt des Raumes verwiesen.

Mir liefen die Tränen über das Gesicht.

Nun war die Tür zu und wir Kinder starrten auf die stattliche Frau mit den ausdrucksstarken Augenbrauen. Frau König betonte diese auf außerordentlich dramatische und schwungvolle Weise. So zeigte ihr Blick beständig Erstaunen und Ermahnung.

Ihr zartgelber Rollkragenpullover spannte über der großen Oberweite und der enge, karierte Rock betonte wohlgeformte Beine, auf die sie merklich stolz war.

Frau König war Lehrerin mit Haut und Haar. Ich war mir an diesem Tag sicher, sie würde mich auch mit Haut und Haar verschlingen, wenn ich mich nicht so unsichtbar wie möglich machte. Auf meinem Schulstuhl rutschte ich immer weiter nach unten und machte mich klein.

»Guten Morgen Klasse 1a!«

Frau König verteilte große Blätter und Wachsmalstifte. »Jetzt dürft ihr eure Familie malen.«

Ich malte mich zwischen Mum und Paps und Onkel Didi neben Paps. Wir hielten uns alle an den Händen.

Frau König machte ihre Runde von Tisch zu Tisch. Ich hätte ja einen großen Bruder und wie alt der wohl sei?

»Das ist Onkel Didi und ich glaube, der ist so alt wie Paps.«

Frau König hatte tatsächlich erstaunliche Augenbrauen.

***

Wieder in Freiheit, erwarteten mich meine Eltern mit einer glänzenden, grünen Schultüte.

Wir trafen uns mit Omi beim Chinesen auf der Podbielskistraße. Ich ließ meine Schultüte nicht aus den Augen. Die Leute am Nebentisch gratulierten mir zur Einschulung. Ich fühle mich fast erwachsen.

Omi aß Rindfleisch mit Zwiebeln, Mum etwas mit viel Gemüse, ich bekam gebratene Nudeln. Paps aß seine

Scampi, trank ein Bier auf mein Wohl und verschwand. Es war Samstagmittag, unsere gemeinsamen Samstage wurden da schon langsam weniger, aber vielleicht war er ja Sonntagabend wieder zurück.

Aus Mum, Paps, Onkel Didi und mir wurde immer öfter Mum und ich. Die Lücke, die ich spürte, musste gefüllt werden und das tat Susanne.
Meine Suse.

Milchschwestern

Suse war klein und zart und hatte genauso viel Angst vor Frau König wie ich.

Ihre Haut erschien mir wie durchsichtig. Ihre Züge waren sehr fein und sie steckte ihre kleine, spitze Nase mit Vorliebe in fremde Angelegenheiten.

Suse erinnerte mich an die Zeichnung der „kleinen Hexe" von Ottfried Preußler, auf dem Karton meiner liebsten Schallplatte. Zu Fasching verkleidete sie sich nicht wie die anderen Mädchen als Prinzessin oder Balletttänzerin. Nein, Suse ging als Hexe mit Buckel und Warzen.

Suse war für mich das coolste Mädchen der Welt.

»Heißa Walpurgisnacht! Hejaaa, Hejaa, Hoooh... «

Ihre Familie erschien mir, im Gegensatz zu meiner, unfassbar reich. Sie besaßen eine sogenannte „Kaffeemühle", ein großes Haus am Rand der Eilenriede, dem hannöverschen Stadtwald.

Die Eltern betrieben ein Küchenstudio auf der Lister Meile. Einbauküchen gab es dort. Das Wort hatte ich noch nie gehört. Sie beschäftigten eine Haushaltshilfe und in ihrer eigenen Küche gab es eine Durchreiche zum Esszimmer. Eine Durchreiche blieb lange Jahre mein großer Traum und symbolisierte für mich den absoluten Luxus.

Es gab ein Herrenzimmer und einen Salon mit schweren, dunklen Möbeln. Die Sofas waren aus Leder, und die Zigarren des Vaters erfüllten das Haus mit mir unbekannten Gerüchen.

Suse, die, mit Asthma gestraft, beim Niesen oft pupsen musste und dies mit einem „Upsi!" kommentierte, wurde zu meiner „Milchschwester", unserer Variante der Blutsbrüderschaft. Aus den Winnetou-Filmen wussten wir, wie das mit der Blutsbrüderschaft funktionierte. Dafür reichte der Mut glücklicherweise nicht. Wir besiegelten unser lebenslanges Band lieber durch einen Schluck aus demselben Becher Milch.

Ich hätte Suses Pupse am Geruch unter hundert anderen erkannt. Eine perfekte Wette für „Wetten, dass...?", nur, dass es die Sendung damals noch gar nicht gab. Dafür gab es „Dalli Dalli" und die Herausforderung, so hoch zu springen wie Hans Rosenthal, der Showmaster.

Suse besaß ein entzückendes Puppengeschirr, und so veranstalteten wir Teepartys auf ihrem Balkon. Wir luden Olaf und Bernd dazu ein. Die Zwillinge aus unserer Klasse erinnerten uns an Ernie und Bert. Der eine Kopf lang, der andere rund.

Wir herrschten streng über die armen Jungs, und ließen uns unsere Schultaschen nach Hause tragen. Wir waren zwei hochnäsige Zicken und schubsten sie nach unseren Wünschen herum. Irgendwann hörte das auf. Zum Glück der beiden zogen ihre Eltern mit ihnen um.

An einem der ersten Nachmittage ohne diese armen Gefährten langweilten wir uns zu Tode. Wir lagen im Salon auf dem weichen Teppich und malten Muster in die Fasern. Die moderne HiFi-Anlage der Eltern stand in einem Fach unter dem Fernseher.

»Wir könnten Disko spielen.«

»Wir brauchen Musik!«

Wir setzen uns im Schneidersitz vor die Anlage und betrachteten die vielfältigen Knöpfe und Regler. Im Haus war es still. Vielleicht waren wir allein, vielleicht hielt Suses Mutter Schönheitsschlaf.

Das Geheimnis der Anlage, die Inbetriebnahme erschloss sich uns nicht.

»Wir fragen jemanden.«

»Wen denn?«

»Wir könnten Leute anrufen.«

Also riefen wir „Leute“ an.

Wir wählten erdachte Nummern, kurze, lange, sehr lange Zahlenfolgen und freuten uns, wenn wir statt der Ansage „Kein Anschluss unter dieser Nummer“ eine Stimme hörten.

Das Vorhaben, die Anlage in Betrieb zu nehmen und hierzu fremde Menschen am Telefon zu befragen, geriet schnell in den Hintergrund.

Der Wettbewerb bestand nun darin, mit der gewählten Nummernfolge tatsächlich verbunden zu werden. Die Menschen am anderen Ende verstanden wir ohnehin kaum. Es war ein herrlicher Spaß.

                    ***

»Zweihundertfünfzig Mark!«

Mum legte entgeistert den Hörer auf. Das Telefonat mit Suses Mutter hatte sie sichtlich mitgenommen.

Wenige Tage nach unserer „Telefon-Party" hatten Suses Eltern die Telefonrechnung erhalten und ihrer Tochter auf den Zahn gefühlt.

Wer die Idee zu dieser kostspieligen Beschäftigung gehabt hatte, ob wir von allen guten Geistern verlassen wären, wir hätten mehrmals Nummern im Ausland gewählt.

Suse und ich teilten den Ärger und unsere Eltern die Telefonrechnung. Geteiltes Leid ist halbes Leid.

Später behauptete Paps einmal, er hätte Suses Vater in einer einschlägigen Kneipe gesehen.

Geteiltes Leid ist halbes Leid.

Oder?

Arme Leute

Ich wurde zum Schlüsselkind und fand nach der Schule den liebevoll versteckten Topf Milchreis im Bett, das Tablett mit Brot, Joghurt und einer süßen Überraschung oder ich ging zu Omi... falls sie nicht grade auf Reisen war, oder wir uns am Tag zuvor heftig gestritten hatten, wenn das „Teufelchen" wie sie sagte, in mir die Oberhand gewann. Omi konnte mich fuchsteufelswild machen und unser Zusammensein gründete auf Dynamit. Sie stand für herrliche Ausflüge, war fantasievolle Spielpartnerin, meine Beschützerin, und größte Gegnerin in einer Person. Mein großes Vorbild.

»Heute spielen wir wieder „arme Leute".«

Ich kam grade aus der Schule und wusste sofort Bescheid. Gestern war Sonntag. Sonntags fuhr Omi mit einem ihrer „Bekannten" über Land und wahrscheinlich gab es Käsekuchen mit Sahne, was wiederum eine strenge Diät zum Wochenanfang zur Folge hatte.

Wenig begeistert, starrte ich auf die kleine Form, die Omi mit Schwung aus dem Ofen holte.

Irgendeine Freundin, eine mir unbekannte „Brigitte", hätte ihr das Rezept verraten, erzählte sie begeistert. Damit würde man in nur einer Woche garantiert bis zu drei Kilo verlieren und das könnten wir zwei doch mal gemeinsam erproben. So gab es also Quarkauflauf, gebacken mit

Magerquark, Ei und dem unvermeidlichen Süßstoff, den Omi immer zur Hand und sogar in der Handtasche hatte. Der Quarkauflauf schmeckte immerhin besser als das Auflaufrezept aus der Reis-Diät, der Tipp einer gewissen „Tina".

Omi versüßte mir das karge Mahl mit ihren Schauspielkünsten.

»Komm, wir spielen arme Leute!«

Wie das bei armen Leuten am Mittagstisch zuging, hatte ich in der Oper bei „Hänsel und Gretel" gelernt. Die armen Eltern plagten sich und konnten doch kein Brot für die Kinder kaufen.

»Ach Kind, es tut mir leid, wieder kein Brot.«

Omi seufzte.

»Aber aus einem kleinen Rest Milch habe ich den Quark geschlagen. Ach Kind, was werden wir wohl morgen in den Magen bekommen?«

Omi hob theatralisch die Hände zum Himmel.

»Da schleich ich mich in den Garten der Zauberin und hole uns Rapunzeln.« Ich grinste Omi an.

Hier nahm unser Spiel so richtig Fahrt auf und wir bedienten uns aus sämtlichen Märchen und Erzählungen, die uns nur einfielen.

Heute also wieder „Arme Leute Essen". Dabei liebte ich Omis Eierpfannkuchen mit Leberwurst, ihr fischfreies „Labskaus" oder das berühmte „Wolframfleisch", dessen Name auf meinen Onkel, den Erfinder des scharfgebratenen Schweinefleisches aus der Dose, gewürzt mit reichlich Muskat, zurückging.

Mein Weg von der Schule zur Wohnung meiner Großmutter führte mich an der Podbielskistraße entlang.

Die von allen nur liebevoll Podbi genannte Straße verband die Oststadt mit der List, beherbergte zahlreiche Geschäfte, Büros, Praxen, Lokale und war für Beutezüge an St. Martin oder wie wir in Hannover sagten „Matten Matten Meeren" bestens geeignet.

„Matten Matten Meeren, die Äpfel und die Beeren, lass uns nicht so lange steh´n, wir wollen noch nach Bremen geh´n. Bremen ist ne schöne Stadt, da geben alle Leute was."

Wir liefen am 10. und 11. November die Podbi entlang. An einem Tag auf der einen Seite, am Folgetag auf der anderen. Unser Argument, es gäbe einen Tag für evangelische und einen Tag für katholische Kinder ließen fast alle Leute gelten. Wir wechselten unsere Konfession äußerst flexibel.

Zur Seite der Pelikanfabrik fand man hier Mehrfamilienhäuser, Wohnblocks und kleine, schmale Reihenhäuser. Zur Seite der Eilenriede, des Stadtwaldes, standen die Jugendstilhäuser und Kaffeemühlen der betuchteren Hannoveraner wie Suses Eltern. Die Podbi durchschnitt beide Gebiete wie ein scharfes Schwert.

Omi hatte eine schöne, freundliche Wohnung auf der „exklusiveren Seite". Die Wohnung verfügte über drei Zimmer, Küche, Bad und Balkon.

Ich liebte das schöne Fischgrät-Parkett in Wohn- und Arbeitszimmer. Auf Socken konnte man hier wunderbar Pirouetten drehen und sich in eine Eisprinzessin verwandeln.

Omis Arbeitszimmer war aber nicht einfach nur ein Arbeitszimmer. Es war „der blaue Salon". Hier standen neben dem Schreibtisch und einer für meine kindlichen Begriffe riesigen Bücherwand, ein Ensemble aus taubenblauem Sofa und Sessel.

Der Sessel war drehbar und hatte kantige, breite Armlehnen aus schwarzem Kunstleder. Als „Karussell" sorgte er für unzählige Drehwürmer und als Kommandostuhl leistete er mir auf der „Enterprise" bei jedem Weltraumabenteuer gute Dienste. Im Dschungel war er mein Baumhaus und rettete mich vor den hungrigen Tigern, die unten lauerten. Dieser Sessel hatte unzählige, spektakuläre Einsätze.

Und dann gab es da noch dieses seltsame Gefäß. Es stand in einem Fach der Bücherwand. Dunkelblaue Emaille, mit einer stilisierten Orchidee und obendrauf ein Deckel.

»Ist das eine Vase, Omi?«

»Ja, jetzt ist es eine Vase.«

Viele Jahre später wurde aus der „Vase" eine Urne.

***

Nach unserem kargen Mahl hatten wir uns zur Mittagspause in den „blauen Salon" zurückgezogen und Omi streckte sich auf der Couch aus, während ich einige Hefte aus meinem Ranzen fischte.

»Du, Omi… ?«

»Ja, mein Spatz?«

»Ich hab' da auf der Podbi was gefunden.«

Meine Großmutter liebte Rollenspiele, feierte begeistert Fasching und verkleidete sich mit größtem Vergnügen. Sie war die perfekte Spielpartnerin und nie um eine fantasievolle Idee oder einen guten Rat verlegen.

In diesem Moment allerdings war sie sprachlos.

»Omi? Also das lag da neben so einem Container...«

Sie starrte auf das Bündel DIN-A5-großer Heftchen.

»Das sind so Bildergeschichten. Auf unserem Dachboden liegt sowas auch, hinter dem Schornstein. Der Dachboden gehört ja Frau Bröckelmann...«

Ich verstummte, fasziniert von Omis Reaktion. Ihre Gesichtsfarbe wechselte von rot zu weiß, ihre Lippen presste sie so fest aufeinander, dass alle Farbe entwich.

»Was sind denn das für Geschichten?«

Ich sah Omi gespannt an.

Ihre Hände zitterten, als sie mir das Bündel entriss.

»Das ist ja ekelhaft. Wer lässt denn so was rumliegen?«,

105

sagte sie mehr zu sich selbst als zu mir und verließ fluchtartig das Zimmer.

Über meinen Fund verlor sie kein Wort mehr und ich sah die Heftchen auch nie wieder. Auch der Stapel hinterm Schornstein war eines Tages auf mysteriöse Weise verschwunden.

Dabei hatten die unbekleideten Damen und Herren, ihre gelenkigen Übungen und seltsamen Grimassen einen großen Eindruck bei mir hinterlassen.

Aber über manche Dinge, das wusste ich ja, sprach man lieber nicht.

Die Gitarre

Eine der Gelegenheiten, an denen wir immer als Familie gemeinsam in der Stadt unterwegs waren, waren die hannöverschen Feste.

Wir besuchten den Familientag des Frühlings-, des Schützen- und des Altstadtfestes und liebten den Weihnachtsmarkt. Paps verspeiste bei jeder Gelegenheit grinsend „Pferdebratwurst", womit er mich zur Weißglut brachte, um mir dann zu versichern, dass die Wurst ja nur so heiße. »Im Berliner sind ja schließlich auch keine Berliner drin, Rübe.«

Mum und Paps tranken „Lüttje Lage". Das besondere Bier und der dazugehörige Korn werden dabei mit zwei speziellen Gläsern in einer Hand gehalten. Aus dem oberen Glas läuft der Korn in das Bierglas. Getrunken wird in einem Zug und das gelingt lange nicht immer. Am „Lüttje Lage" Stand gab es Papierlätzchen für alle, die sich dieser traditionellen, hannöverschen Herausforderung stellen wollten. Ich bekam auch eins und durfte mein Glück mit einem Mix aus Cola und Fanta versuchen.

An der Bude mit den Luftgewehren schoss Paps Plastikrosen für Mum und mich. Wir teilten uns eine große Tüte Schmalzkuchen und am nächsten Stand noch eine, zum Vergleich.

Mit Mum fuhr ich in der „Wilden Maus" und gleich hinterher „Schiffsschaukel". Paps legte im „Autoscooter" seinen Arm um mich und kutschierte mich sicher durch den Wirrwarr an Scootern. Nur ganz selten gab es eine Karambolage. Paps wich jeder Konfrontation elegant aus.

Das Schützenfest war in einem großen Carré aufgebaut. Jeder Gang bot spannende Attraktionen und ich liebte das bunte Treiben. Nur der dritte Gang bereitete mir Bauchschmerzen. Hier stand die große Geisterbahn und über ihr thronte ein riesiger Drache. Er schien zu schlafen, doch kam man näher, dann öffnete er die Augen und Qualm kam aus seinen Nasenlöchern. Er drehte mir den Kopf zu, er sah mich direkt an.

„Hereinspaziert in meine Drachenhöhle!"

Ich zitterte am ganzen Körper und blieb wie angewurzelt stehen. Paps nahm mich auf den Arm. Ich vergrub mein Gesicht an seiner Schulter und Mum nahm meine Hand. Nur so konnten wir gemeinsam dem Drachen entkommen.

Auf der Suche nach dem großen Glück waren wir alle drei fasziniert von den riesigen Losbuden. Für fünf Mark kauften wir zwanzig Lose und sammelten die richtigen Reihenfolgen von Buchstaben oder aufgedruckten Spielkarten. Einmal zogen wir „freie Auswahl!" und der Losbudenmann läutete wie wild die große Messingglocke und schrie in sein Mikrofon.

»Gewinne, Gewinne, Gewinne und schon wieder FREIE AUSWAHL! Wer will nochmal, wer hat noch nicht, hergeschaut, gewundert, gewonnen... Gewinne, Gewinne, Gewinne!«

Von der Empore vor dem riesigen Regal mit allem erdenklichen Plüschgetier, Haushaltsgeräten und Plastikkram beugte er sich zu uns herunter.

»Was darfs denn sein, die Herrschaften?«

Paps nahm mich auf den Arm, damit ich die Preise besser betrachten konnte. Zwischen all dem Plüsch und Plastik sah ich ein Stück Holz, honigfarben, mit ebenholzfarbigem Steg.

»Die Gitarre!« Meine Augen leuchteten.

»Wir nehmen die Gitarre!«

Paps reichte dem Mann unser Los.

»Aber nein, schaut euch doch mal die großartigen Plüschgiraffen an. Die sind riiiesig, da kann die Lütte drauf reiten oder den Mixer hier. Drei Stufen und Turbo. Da braucht Mutti kein Sahnesteif mehr.«

»Wir möchten die Gitarre!«

Paps wurde energisch. Der Verkäufer gab auf. Widerwillig reichte er uns das Instrument. Keine Ahnung, welche Geschichte sich hinter diesem Widerwillen verbarg.

Am Abend „spielte" Paps Gitarre an meinem Bett. Dazu strich er nur leicht über die Seiten und sang dazu auf „Englisch", das er genauso wenig wie das Gitarrespielen wirklich beherrschte. Mir war es gleich.

Ich war glücklich.

***

Zwei Jahre später. Mum, Paps und ich besuchten wieder das Schützenfest, doch diesmal fühlte ich statt Glück nur Angst. So große Angst vor den Menschen, die da wütend auf unser Auto hämmerten und uns mit verzerrten Gesichtern einen Vogel zeigten.

Erstarrt saß ich auf der hinteren Sitzbank unseres neuen, roten Scirocco GT. Paps liebte den Wagen.

Auch Mum wurde immer kleiner auf dem Beifahrersitz. Die Tränen liefen ihr über die Wangen.

»Fahr sofort runter. Das ist total verrückt!«

Paps schwieg mit hochrotem Kopf. Er umfasste das Lenkrad so stark, dass seine Finger jegliche Farbe verloren. Er schwitzte. Sein Schweiß und sein Atem rochen nach Bier. Er sagte kein Wort.

Vielleicht aus Ärger über die vergebliche Parkplatzsuche, aber wohl vielmehr aus Müdigkeit von allem, aus Lust einfach auszubrechen, war er vom öffentlichen Parkplatz direkt auf den Festplatz eingebogen und kutschierte uns nun durch die Gänge mit den Buden, Fahrgeschäften und erzürnten Besuchern.

»Bieg da jetzt sofort ab!«

Die Stimme meiner Mutter war voll Panik, voller unterdrückter Tränen. Paps bog bei nächster Gelegenheit ab.

Wir verließen den Festplatz, Mum und ich das Auto und gingen Richtung U-Bahn. Paps fuhr davon. Diesmal würde er am Sonntagabend nicht nach Hause kommen.

Das, was die größte Macht hat uns von den Menschen, die wir lieben, zu trennen, ist die Scham.

Heute verstehe ich es.

Tränen

Wie fühlt es sich an, wenn du merkst, dass du auch Männer anziehend findest?

Wie fühlt es sich an, wenn du weißt, dass du deine Gefühle niemals nach außen zeigen darfst, dass dich die Leute „einen 175er" nennen?

Wie fühlt es sich an, wenn du deine Frau und Tochter allein lässt, um dich mit den Männern zu treffen, die deine Gefühle teilen?

Ich kann dich nicht mehr fragen, Paps. Ich würde es heute so gern.

Irgendwann gewannen Tabletten und Alkohol die Oberhand. So viel Hunger auf das Leben.

Unsere kleine Welt wurde meinem Vater zu eng. Enge konnte er nicht ertragen. Sogar ein Rollkragenpullover nahm ihm die Luft. Sich zu befreien, das kostete allerdings noch mehr Kraft als das Aushalten. Die Müdigkeit wurde übermächtig.

Wann fing das an, dass du es nicht mehr tragen konntest, das Leben?

Ich würde Paps so gern erzählen, dass sich so viel verändert hat, dass es noch immer schwer ist, aber erlaubt, gleichgeschlechtlich zu lieben und sogar zu heiraten.

Ich habe den 1. Oktober 2017, die Einführung der Homoehe, das Gesetz zur Einführung des Rechts auf Eheschließung für Personen gleichen Geschlechts, so sehr gefeiert und gleichzeitig so geweint, um das, was mein Vater nicht leben, nicht erleben durfte. Dreißig Jahre nach seinem Tod wurde ein großer Sieg errungen und ich träume so gern davon, er hätte das miterleben können.

2017 wäre Paps 75 Jahre alt geworden und hätte bestimmt eine riesige Party geschmissen. Wir wären alle dabei gewesen. Mum, mein Mann, ich und Paps Enkelin, meine Tochter.

Wäre Onkel Didi noch an seiner Seite?

Manchmal sehe ich Männer auf der Straße, die mich an ihn erinnern. Gepflegte Herren in hochwertiger Kleidung. Er hätte ein Toupet... ganz sicher! Oder sich Haar transplantieren lassen. Er würde immer noch enge Hosen tragen und den Siegelring mit dem blauen Stein.

***

Etwas Neues, etwas Altes, etwas Geliehenes, etwas Blaues.

Paps, deine Enkeltochter wird bald heiraten.

Paps liebte Schmuck. Er trug goldene Ketten und Armbänder. Zu Hemden gehörten Manschettenknöpfe und Krawatten zierten Nadeln. Und er trug einen goldenen Ring mit blauem Stein.

Ich kannte seine Hand nicht ohne diesen Ring. Schon auf dem kleinen Foto zu meiner Taufe, Paps hält mich im Taufkleid im Arm, Mum schmiegt sich an ihn, schon da trägt er den Ring.

Jetzt trägt ihn deine Enkelin, Paps.

Der Ring wurde sehr geliebt, sagt uns die Goldschmiedin. Der Stein wackelt, wir würden ihn gern reparieren lassen, bitten wir. Da kann ich nichts machen, sagt sie. Tragen Sie ihn am besten nur noch zu besonderen Gelegenheiten.

Tränen in den Augen deiner Enkelin.
Tränen in meinen Augen.

Der Arsch

Der Vater meines Vaters ist mein Großvater.

Mein Großvater war ein Arsch.

Ich habe nur wenige Erinnerungen an Opa. Er hatte einen riesigen, runden Bauch, einen dunklen Teint und große, fast schwarze Augen. Ich kann nicht sagen, dass ich Angst vor ihm gehabt hätte, aber ich habe auch keine liebevollen Erinnerungen an ihn. Wenn da etwas ist, dann sind es Fragen.

Dass er ein Arsch war, wie der jüngste Bruder meines Vaters ihn zu nennen pflegte, das glaubte ich aus tiefsten Herzen. Glauben, nicht Wissen, aber seinem Gefühl sicher sein. Irgendwie so in der Art glaubte ich das.

Wie war meine wunderbare, warme, runde, liebevolle Oma an einen Mann geraten, der seine Kinder und sie selbst auf so vielerlei Art demütigte?

Wie wird man zum Arsch?

Krieg, Vertreibung und Flucht, die Traumata so vieler Menschen meiner Großelterngeneration und über allem das große, bleierne Schweigen und mit viel Pech kommt die innere Kälte noch obendrauf. Erfrieren kann man auch von innen.

Was Opa im Krieg erlebte, musste für ihn unaussprechlich gewesen sein. Wie war er vorher, wer war er? Ich versuche ihn mir als Kind vorzustellen, als jungen Mann mit Träumen und Zielen. Versuche mir vorzustellen, was ohne den Krieg aus ihm geworden wäre. Das fällt mir nicht leicht.

Opa kam aus Schlesien, aus Glatz, heute heißt die Stadt Klodzko. Ich schaue mir Fotos im Internet an. Grüne Hügel wachsen in der Ferne zu Gebirgen an, Flüsse durchziehen das Land und die Stadt, die im „Glatzer Kessel" liegt.

Ich stelle ihn mir als kleinen Jungen vor, der aus einer Weidenrute eine Angel baut und sich ans Ufer eines der Flüsse setzt. Was haben Kinder gespielt, die zur Jahrhundertwende geboren wurden? Kannte Opa schon das Spiel vom „schwarzen Mann"? Diese gruselige, an den Tod erinnernde Figur, mit der er viele Jahrzehnte später seinen Enkel:innen Angst einjagen sollte?

Glatz war Garnisonsstadt, die Festung diente als Gefängnis für politische Gefangene. Ob das der kleine Junge wusste? Wurde in der Familie über Politik gesprochen? Wie auch immer es vor dem Krieg war, danach blieben das Schweigen, die Kälte und die Scham. Ja, ich bin sicher, dass es die Scham ist, die Menschen zu Ärschen macht.

Wenn man sich selbst nicht ertragen kann, wenn einen das eigene Spiegelbild erstarren lässt, vor Scham, dann bleiben doch nur Verzweiflung oder Wut. Opa entschied sich für das Letztere.

Er wütete gegen seine Frau, gegen seine Söhne und Töchter und ganz besonders gegen meinen Vater. Dieses „schwarze Schaf der Familie" stand für alles, was er verachtete. Dass es eigentlich um ihn selbst ging, das konnte er nicht sehen.

»Ich schäme mich für dich! Du ziehst unseren Namen in den Dreck!«, warf er seinem Sohn an den Kopf.

Paps würde hierauf nichts erwidern. Er würde in die Küche zu seiner Mutter gehen und sich von ihr ganz fest umarmen lassen.

Butter und Liebe

Oma herrschte über zehn Quadratmeter. Der Arsch über die ganze Familie.

Omas Reich war die Küche. Ein vierflammiger Gasherd mit Backofen, eine Spüle, ein Buffetschrank mit Resopalplatte und ein Esstisch aus dem gleichen Material, ausziehbar. Acht Personen konnten sich nur mit Mühe um den Tisch zwängen.

Auf dem Herd stand fast immer ein Topf mit Kartoffeln. Kam ich in die Küche, dann angelte Oma eine aus dem Topf und steckte mir ein Stück davon in den Mund. Nicht, ohne sie vorher mit einem fast ebenso großen Stück Butter und einer Prise Salz zu krönen.

Omas Küche war ein Raum voller Wärme. Im Gegensatz zu den Zimmern, in denen sich Opa aufhielt.

***

Oma drückte meine weinende Mutter an ihren riesigen, wogenden Busen. Mums Schultern bebten und Oma strich ihr beruhigend über den Rücken.

»Gaaaanz viel Butter und Mmmmuskahaaat und Rainer sagt, es ist alles fahaaalsch...« Mum schluchzte.

Oma grinste mir über den Rücken meiner Mutter zu und zwinkerte. Das tat gut, denn der plötzliche

Gefühlsausbruch meiner Mutter hatte mich dann doch etwas verwirrt.

Ich saß auf der langen Bank am Küchentisch, es duftete nach Topfkuchen und frischem Kaffee. Völlig unvermittelt war Mum beim Kaffeetrinken in Tränen ausgebrochen. Meine Cousinen hatten sich sofort verzogen, froh, dass sie dem Kaffeetisch entrinnen und mich abhängen konnten. Tante Inge blätterte anscheinend unbeteiligt in der „Neue Revue".

Oma zwinkerte und schob Mum auf einen Stuhl.

»Dann sorgen wir jetzt dafür, dass das nächste Weihnachtsfest ohne Tränen abläuft.«

Aus ihrer lilageblümten Kittelschürze reichte sie Mum ein großes, kariertes Taschentuch. Sie schob sich ächzend hinter Tante Inges Stuhl zur Tür der kleinen, immer gut gefüllten Speisekammer und zwängte ihre immense Fülle durch die schmale Öffnung.

Oma tauchte fast zur Gänze in ihre Schatzkammer ab, vertiefte sich in das Herz des einzigen Raumes, über den sie allein die Herrschaft hatte, den ihr niemals jemand streitig machen würde.

Mit einem großen Stück Butter tauchte sie stöhnend wieder auf und schob sich rückwärts an den kleinen Herd.

»Dann schäl ich mal Kartoffeln.«

Lustlos legte Tante Inge, die zweitälteste Schwester meines Vaters, die Illustrierte zur Seite. Sie war dunkelhaarig und schlank, eigentlich nur mittelgroß, aber die hochtoupierte Frisur ließ sie größer wirken, die

Sandalen mit hohem Korkabsatz ebenso. Ihre Nägel waren perfekt maniküt, ihre Haut sonnengebräunt, das gelbgeblümte Top eng und der Jeansrock kurz.

All meine Tanten sahen so aus und meine Cousinen waren auf dem besten Weg zum Abbild ihrer Mütter.

Zu Weihnachten, an Heiligabend, gab es bei meinen Großeltern, ihren Söhnen, Töchtern und deren Familien schlesische Weißwurst. Das war für die Nachkommen meiner Großeltern nicht verhandelbar, schon gar nicht für die Söhne. Da hatten sich die Schwiegertöchter zu fügen und das förderte so manchen ehelichen Zwist zum Fest der Liebe.

Dabei waren die Würste nicht das Problem. Die erstand man beim Fleischer des Vertrauens und legte sie lediglich in heißes Wasser. Das Problem war die Sauce.

Die Sauce war heilig.

Diese Sauce war alles, was die Angehörigen dieser Familie einander nicht sein konnten. Sie war warm, voller guter Aromen und so weich und buttrig, dass man sich gern das ganze Jahr in diesem Duft des Willkommens und Zuhause-Seins hüllen würde. Und diese Sauce war verbindlich, denn sie war nur auf eine Art richtig und zeigte nur auf eine einzige Art ihre familienverbindende Wirkung, nur auf Omas Weise.

Fauchend sprang der Gasherd an und Oma stellte einen mittelgroßen Topf auf die Flamme.

»Du musst die Butter auf ganz kleiner Flamme, gaaanz vorsichtig schmelzen. Sie darf NIE und auf gar KEINEN

FALL bräunen. Hörst du, meine Liebe? DAS ist am wichtigsten.«

Mum nickte und schnäuzte in das riesige Taschentuch. Mit großen Augen verfolgte sie jeden der routinierten Handgriffe ihrer Schwiegermutter. Zum nächsten Weihnachtsfest würde sie alles richtig machen und Paps eine perfekte Buttersauce servieren.

In der nächsten halben Stunde rührte Oma mal gefühlvoll, mal energisch im Topf, dickte an, wägte ab, würzte und schmeckte. Der unvergleichliche Duft nach Weihnachten flutete die kleine Küche, legte sich warm um unsere Seelen und lullte uns auf eine gute Art ein.

Immer, wenn eines der vielen Enkelkinder seine Nase durch die Küchentür steckte, füllte Oma ihm den Mund mit Wärme. Mal mit einem Stückchen Kartoffel mit Butter und Salz oder Bonbons aus der großen Plastikdose in Form eines roten Apfels oder im Sommer mit Hilfe einer Erdbeere bestreut mit Zucker. Da mich meine Cousinen gern ignorierten oder bei gemeinsamen Ausflügen in die Nachbarschaft abhängten und sich kichernd vor mir versteckten, saß ich oft in Omas Küche.

Liebe konnte in Pfund gemessen werden, an der Menge der Butterflocken im Kartoffelbrei und an der Größe des Tortenstücks auf deinem Teller.

Liebe ging über Omas Küche direkt in dein Herz.

Schwarzer Mann

Der Boden der Turnhalle quietschte unter unseren Turnschuhen. Es roch nach Linoleum, Schweiß und nassen Jacken. Draußen prasselte der Regen auf das Dach der alten Turnhalle. Mein siebenjähriges Herz schlug mir bis zum Hals. Ich rannte um mein Leben, schlug Haken, stolperte, schubste die kleinere Maike aus dem Weg und erreichte mit letzter Kraft die sichere Hallenseite. Maike hatte es nicht geschafft, er hatte sie erwischt.

Der schwarze Mann war listig. Er lauerte nicht nur im Spiel der Sportstunde, nicht nur hinter Häuserecken in der Abenddämmerung, sondern er wohnte, wenn man Opa glauben konnte, ganz sicher im schmalen, dunklen Flur meiner Großeltern und machte es ganz und gar unmöglich, die Zimmer ohne Herzrasen zu verlassen.

»Tür ZU!«

Offene Türen wurden von Opa nicht toleriert und so blieb man entweder im Zimmer oder im Flur, jeder der Räume ein Universum für sich, mit eigenen Regeln, einer ganz eigenen Temperatur und Atmosphäre. So stand die Küche für Wärme und Geborgenheit. Hier war ich sicher und konnte mich jederzeit hinter Omas großem Körper verstecken. Hier erreichten mich auch die Gemeinheiten meiner Cousinen nicht.

Die gute Stube dagegen stand für Unsicherheit und beschlagene Fenster. Sie war Opas Reich und er regierte aus einem sandfarbenen Sessel. An Weihnachten und den Geburtstagen meiner Großeltern versammelte sich die Familie um seinen Thron. Unser aller Atem ließ die Eisblumen an den Fenstern schmelzen und die kalten Scheiben beschlugen zu einer feuchten Fläche, in die ich heimlich Herzen malte.

Das Schlafzimmer meiner Großeltern roch zu jeder Jahreszeit beharrlich nach Räucherware. Der davor liegende Balkon raubte dem Raum jedes Licht und so herrschte hier beständige Dämmerung. Im Zimmer stand ein großer Kühlschrank, der zu jeder Tages- und Nachtzeit mit einem Schloss verriegelt war. Paps erzählte, Opa hätte dort die teuren Lebensmittel vor der hungrigen Kinderschar gesichert. „Ihr fresst mir die Haare vom Kopf“, hätte er beständig gewettert.

Am Flurende der kleinen Wohnung meiner Großeltern lag das sogenannte Kinderzimmer, ein schmaler Raum, zur Straße hin. Hier wohnte der jüngste der Brüder und Schwestern meines Vaters. Er war der Einzige der Familie, der studierte, Sonderschullehramt.

»Der bringt den Bekloppten was bei, das passt! Ist selbst plemplem.«

Es gibt Eltern, die sind stolz auf ihre Kinder. Es gibt Eltern, die sind voller Neid.

»Du Arsch!«, schleuderte mein Onkel seinem Vater nur entgegen und floh vor der drohend erhobenen Faust in sein Zimmer. Er floh in die Malerei und in die Musik.

Irgendwann war das Zimmer leer und Oma mit dem Arsch allein.

Zu dieser Zeit war ich kaum noch bei meinen Großeltern. Auch mein Vater hatte mit meinem Opa gebrochen. Oder wohl eher Opa mit ihm, mit der Schwuchtel, dem warmen Bruder, mit der Schande der Familie.

Als Paps bei uns auszog und die Fassade der kleinen Familie nicht mehr aufrechterhielt, da starb er für seinen Vater. Ab da sah ich auch Oma nur noch selten. Auch alle anderen Söhne, Töchter, Cousins und Cousinen ließen sich bei meinen Großeltern nur noch blicken, um ihre Geburtstags- und Weihnachtsfünfziger abzuholen oder Omas Kartoffelsalat für das Sommerfest der Firma, die Torten für den Geburtstag.

***

Ich sah Oma in ihrem Sarg wieder und das war ein Versehen.

Ich hätte im Vorraum der Friedhofskapelle warten sollen. Nur kurz. Aber meine Erfahrung mit dunklen Fluren war speziell und aus der geöffneten Tür drang helles, freundliches Sonnenlicht.

Ich spähte in den Raum. Oma lag da friedlich in ihrer ganzen Fülle, in einem ihrer zart geblümten Nachthemden.

Ehe ich die Situation aber gänzlich erfassen konnte, zogen mich kräftige Hände aus dem Raum.

Mum, Paps und ich standen etwas abseits der Trauergemeinde. Paps hatte rotgeweinte Augen, Mum hielt mich fest an der Hand.

Bei der Trauerfeier musste ich furchtbar lachen. Ich lachte, weil mir das Herz sonst zersprungen wäre, weil ich erkannte, auf wem dieser große Holzdeckel lag und ich dieses seltsame Gefühl in der Brust nicht einordnen konnte. Es musste aber raus, irgendwie. Meine herausgeputzten Cousinen straften mich mit wütenden Blicken und wandten mir den Rest des Tages den Rücken zu.

Türen sind geschlossen zu halten!

Nur für den Geschmack

Ein Familienfest, ein familiäres Kaffeetrinken, war nicht denkbar ohne diesen einen Witz.

Wenn nichts sicher war, nicht, ob Paps beim Treffen dabei sein würde, ob es Mum pünktlich vom Dienst schaffte, in welcher Phase seiner Ehe mein Onkel grade steckte und ob die familiäre Zusammenkunft diesmal ohne Tränen ausgehen würde, weil es nicht leicht war, alle schwierigen Themen zu umschiffen.

Wenn, wie so oft, nichts sicher war, dann blieb immer noch dieser eine Witz, den Omi garantiert irgendwann im Lauf des Treffens zum Besten geben würde.

Die Gabel grade auf dem Weg zum Mund, hielt Omi dann plötzlich inne, als wäre ihr etwas Wichtiges eingefallen. Und so war es ja auch.

»Erinnert ihr euch an die alten Schwestern?«

Alle nickten. Nicht-Eingeweihte schauten oft ratlos. Sie würden gleich Bescheid wissen.

»Gerda und Trude waren ja nun schon hooooch betagt und die Rente war klein. Sie teilten sich eine winzige Wohnung und so manches andere.«

Omi machte eine Kunstpause und grinste.

»Als Gerda eines Tages von ihrem Kaffeekränzchen nach Hause kam, da stand Trude schon auf dem Sprung, in Hut und Mantel im Flur.«

Omi tat, als hätte sie keine Zähne mehr und nuschelte.

»Wo bleibst du denn, Gerda? Los, los Beeilung, ich hab´s eilig.«

Jetzt wechselte Omi in Gerdas Rolle, verzog das Gesicht und tat so, als würde sie ihr Gebiss herausnehmen. Sie reichte es der imaginären Trude, die sich flink das Gebiss ihrer Schwester in den Mund steckte.

Omi schloss die Augen und seufzte wohlig:

»Hhmm Käsekuchen!«

***

Genuss spielte eine große Rolle. Ganz viel kosten und schmecken, erproben und für gut befinden oder verwerfen.

So hielten es Paps und Omi mit allen „leiblichen" Genüssen.

Omi erprobte gern gastronomische Angebote. Sie liebte es, zu den ersten Gästen eines neuen Restaurants oder Cafés zu gehören und freundete sich schnell mit den Wirten und Servicekräften an. Ihre Trinkgelder waren großzügig und so konnten wir immer auf besonders gute Plätze, besonders reichhaltige Portionen und andere Begünstigungen hoffen.

»Gnädige Frau, wie schön, Sie zu sehen.«, zwitscherten dann die Servicekräfte und der Wirt begrüßte Omi mit angedeutetem Handkuss.

»Und das Enkelchen ist ja schon wieder gewachsen. Heute ein Tisch für zwei?«

Omi führte mich gern zum Essen aus und ließ sich nicht lumpen. Ich war ihre Verbündete.

»Von dem Eisbecher muss die Mum aber nichts wissen!«

Wir waren unter uns und speisten königlich. Es würden einige Tage „arme Leute" spielen folgen. Aber das war es wert.

Anders war es, wenn wir nicht allein aßen und womöglich männliche Gäste mit am Tisch saßen. Omi aß dann wie ein Spatz. Wer das sah, dem war klar, sie tat etwas für ihre schlanke Linie, sie hatte sich im Griff, sie konnte allen Versuchungen widerstehen.

Ließ meine Großmutter sich tatsächlich zu einem Stückchen Kuchen oder Torte hinreißen, dann aber bitte das kleinste, bitte gaaanz schmal geschnitten, nein, nein, bitte noch schmaler.

»Nur für den Geschmack!«, sagte sie dann, fast entschuldigend.

„Nur für den Geschmack!", das passte zu so vielen Gelegenheiten, in denen man sich nicht zugestehen wollte, dass man Wünsche, Sehnsüchte und so verdammt großen Appetit hatte.

Am Ende einer häuslichen Kaffeetafel räumte Omi dann das Geschirr ab und wollte auf gar keinen Fall Hilfe dabei.

»Bleibt doch sitzen, Kinder! Ich mach das schon.«
Ihren Hunger stillte Omi in der Küche.
Allein.

Kratzer

»Dein Vater ist eine Schwuchtel!«

Für ihre acht Jahre war Britta groß und vor allem kräftig, wie ich bemerkte, als sie mir im Treppenhaus des Gemeindehauses den Weg versperrte.

Wir hatten grade gemeinsam die Blockflötengruppe besucht. Einmal in der Woche versuchte ich mich im Notenlesen. Wir übten in einer Gruppe von sechs Kindern öde Tonfolgen, die sich für uns erst nach Wochen zu einem Lied fügten.

Blockflöten waren bezahlbar und galten als perfektes Einstiegsinstrument. Wer etwas auf sich hielt, der schickte seinen Nachwuchs zum Blockflötenunterricht. Die Chance, dass die Lust am Musizieren hier gänzlich verloren gehen würde, war groß. Sechs dressierte Äffchen bliesen schiefe Töne in speichelfeuchte Holzblasinstrumente, während Fräulein Herbst energisch den Takt klopfte und beständig zur Wiederholung drängte. C und A und noch einmal. Kuckuck… Kuckuck…

Ich versuchte, mich an Britta vorbeizudrängeln, aber sie hielt mich am Arm fest.

»Eine Schwuchtel ist was Ekliges, sagt meine Mutter.«

Ich spürte große Wut in mir aufsteigen.

Es war nicht das erste Mal, dass ich jemanden über Paps reden hörte. Meist wurde getuschelt oder direkt offen geschimpft. Frau Bröckelmann tat das ganz unverhohlen und fragte meine Mutter, wann sie Paps denn nun endlich zum Teufel jagen würde. Opa hatte Paps schon immer mit seltsamen Ausdrücken bedacht und Menschen musterten ihn kritisch, wenn wir gemeinsam unterwegs waren. Mir war das egal, denn in diesen Momenten waren da Mum und Paps, die mich anlächelten und meine Hand fest drückten.

Das hier war etwas anderes. Ich fühlte mich allein und ich hatte das Gefühl, hier würde Paps grade großes Unrecht geschehen. Was eine Schwuchtel sein sollte? Keine Ahnung und mir in diesem Moment auch vollkommen egal.

Es brannte in meiner Brust und das Feuer stieg mir in Hals und Augen. »Nimm das zurück!« Ich funkelte Britta böse an.

„SCHWU-CH-TEL!" Genüsslich betonte sie jede Silbe des Wortes und schleuderte sie mir entgegen. Ihr Gesicht war so nah, ihr Mund kam mir wie ein riesiger, böser Schlund vor, wie etwas, das einen auffressen könnte.

Ich erinnere mich noch heute an das Gefühl, als sich meine Fingernägel in ihr Gesicht krallten, an das Gefühl die obersten Hautschichten zu durchdringen.

Britta schrie wie am Spieß.

Oben wurde eine Tür aufgerissen und unsere Flötenlehrerin kam die Treppe heruntergerannt. Sie packte meine Hände und zog mich von Britta weg. Unsanft schob sie mich in die Ecke und drehte sich zu Britta, die heulend auf einer Stufe saß und sich das Gesicht hielt. Lange Striemen zogen sich über beide Wangen.

»Was ist hier los? Britta? Was ist denn passiert?« Fräulein Herbst, grade frisch von der Uni und in Erwartung ihrer ersten Anstellung als Grundschullehrerin, betupfte Brittas Wunden mit einem Taschentuch, das sie zuvor mit ausreichend Spucke angefeuchtet hatte.

»Sie hat mich einfach so gekratzt, einfach so, ich hab' gar nichts gemacht.«, jaulte Britta.

Fräulein Herbst wand sich mit hochrotem Kopf zu mir. Ich schluckte und versuchte, ihr nicht in die Augen sehen zu müssen, was dadurch erschwert wurde, dass sie mein Kinn mit energischer Hand hob und mich wütend ansah.

»Bist du denn von allen guten Geistern verlassen?«

Ich schloss einfach die Augen und schwieg.

Im Büro der Gemeindesekretärin musste ich dann auf Mum warten. Fräulein Herbst kümmerte sich derweil um die arme Britta und brachte sie nach Hause.

An diesem Tag musste Mum viel telefonieren, sich viel anhören und entschuldigte sich bei Brittas Mutter für ihre ungezogene Tochter. Ich sollte Britta ein Geschenk kaufen und am nächsten Tag auch noch selbst bei ihr Abbitte leisten.

***

»Mum, was ist eine Schwuchtel?«

Abends saß meine Mutter an meinem Bett.

»Einfach ein besonderer Mensch.«, sagte sie leise, mehr zu sich selbst und nahm mich fest in den Arm.

Flucht nach vorn

Es war ein grauer und kühler Tag Ende September. Die Badesaison sollte bald enden und eigentlich war es heute schon zu kalt für einen Besuch im Freibad. Paps störte das nicht, er würde seinen Kilometer abschwimmen und ich begleitete ihn.

Meinen Freischwimmer hatte ich schon mit fünf absolviert. Schwimmen auf Zeit, nach dem Ring tauchen, vom Einmeterbrett springen. Paps konnte beruhigt seine Bahnen ziehen, ohne mich ständig im Blick haben zu müssen.

Wir hatten uns im Wärmeraum umgezogen. Von hier aus konnte man durch einen „Kanal" direkt in das große Becken schwimmen. Da die Schwimmbadbesucher diesen Kanal auf dem Weg von der Kasse zu den Liegewiesen überqueren mussten, gab es eine Brücke. Man konnte sich unter ihr, im Wasser, wunderbar an die Brückenkonstruktion hängen und im Wasser baumeln oder Klimmzüge machen, wie Paps.

Paps arbeitete sich kraulend durchs Wasser, ich baumelte an der Brücke und beobachtete die Jugendlichen am Sprungturm. Das Nord-Ost-Bad, das wir in der kühleren Jahreszeit besuchten, verfügte lediglich über ein Dreimeter-Sprungbrett. Das Lister Bad, das Freibad, hatte einen Zehner.

Zehn Meter über der Wasseroberfläche stand nun ein etwa Sechszehnjähriger und machte sich zum Sprung bereit. Ganz nah ging er an den Rand und winkte zwei Mädchen, die kichernd, in dicke Handtücher gehüllt, die Lippen blau vor Kälte, auf einer Bank am Beckenrand saßen.

Fasziniert beobachtete ich, wie er alle Muskeln anspannte, sich nach oben reckte und kerzengrade absprang. Die Arme eng am Körper tauchte er in das tiefe Wasser des Sprungbeckens ein. Die Mädchen applaudierten, als er grinsend zum Beckenrand schwamm.

Vom Dreier sprang ich im Schlaf. Zwar hatte ich mit Hilfe eines sehr schmerzhaften Bauchklatschers lernen müssen, dass ein Salto außerhalb meiner Möglichkeiten lag, aber so eine „Kerze" sprang ich sicher. Es war also allerhöchste Zeit für eine Erweiterung meiner Fähigkeiten.

Ich würde Paps nichts von meinem Plan erzählen. Hoch oben, auf dem Zehner, würde ich zum Schwimmerbecken rüber rufen und ihm zuwinken. Paps würde Augen machen.

Ich schwamm zur Treppe und machte mich fröstelnd auf den Weg zum Sprungturm. Mittlerweile hatte sich eine kurze Schlange an der Leiter zu den einzelnen Ebenen des Sprungturms gebildet. Das Vorbild des Jugendlichen hatte noch andere junge Männer animiert, ihren Mut unter Beweis zu stellen. Der Turm war untergliedert. Man konnte bei 3-Meter, 5-Meter, 7,5-Meter oder 10-Meter springen.

Jetzt war ich dran und kletterte die kalten Stufen hinauf auf fünf Meter. Hier hielt ich inne und blickte nach unten. Das war schon verdammt hoch. Mein Herz schlug mir bis zum Hals. Hinter mir räusperte sich jemand. »Was ist nun, Lütte? Weiter hoch oder nicht?« Der Junge hinter mir war unangenehm nah.

Ich war in höchster Not. Weiter nach oben traute ich mich auf keinen Fall, und die Treppe hinter mir war durch andere Sprungwillige versperrt. So blieb nur der Weg an den Rand des Fünfers. Neben dem Sprungbecken, im Schwimmer, schwamm Paps grade in meine Richtung. Ob er mich sah? Mir blieb keine Kraft zu rufen oder zu winken, ich wollte nur hier runter und der einzige Weg war der Sprung. In meinen Ohren rauschte es und alles um mich verschwamm, als ich kerzengrade tief in das Wasser eintauchte.

Als ich strahlend vor Stolz aus dem Becken stieg, sah ich, dass Paps sich grade sein Handtuch umlegte und in Richtung Umkleidekabinen ging.

»Paps, Paps, warte mal.« Bibbernd rannte ich ihm hinterher. Er wartete am Eingang der Umkleiden und hielt mir die schwere Tür auf.

»Na Rübe? Hattest du Spaß?«

Er hatte meinen Sprung nicht gesehen. Die Traurigkeit, die meine Kehle zuschnürte, versuchte ich zu ignorieren. Es war ja nicht seine Schuld.

Wir zogen uns an, gingen zum Freibadkiosk und teilten uns eine Portion Pommes mit Majo, denn das gehörte irgendwie dazu. Der Duft von Chlor, Sonnenmilch und Pommes, auch heute noch unvergleichbar.

Ich durfte mir eine der langen, mit Brausepulver gefüllten Stangen aussuchen und erzählte Paps ausführlich von meinem Abenteuer. Er sah mich stolz an und lächelte. Das bedeutete für mich die Welt. Dann wurde er ernst.

»Manchmal, wenn der Weg zurück versperrt ist, dann hilft wohl nur die Flucht nach vorn.«

Kaninchen

Zu Weihnachten war es ungewöhnlich warm gewesen und statt von glitzerndem Schnee wurden die Tannen von lauem Sprühregen bedeckt. Zwei Tage vor Silvester sanken die Temperaturen plötzlich und auf Eisregen folgten heftige Schneefälle. Zum Jahreswechsel 78/79 versank Hannover im Schneechaos.

»Wo ist mein fliederfarbenes Hemd?« Paps wühlte sich durch einen Berg von Kleidungsstücken, der auf dem Bett meiner Eltern aufgehäuft lag.

»Das hast du vor ein paar Wochen weggeworfen, weil es dich angeblich blass macht.«

Mum wuchtete den großen Lederkoffer hinter dem Schrank hervor. Er war ein Geschenk von Omi und beherbergte wie eine dieser russischen Holzpüppchen noch zwei weitere Koffer, jeweils etwas kleiner. Mich erinnerten die Koffer an die Geschichte von den drei Bären. Mama Bär, Papa Bär und Baby Bär, jeder hatte ein Bett, eine Tasse und einen Teller Brei in der für sie und ihn jeweils passenden Größe.

»Wir sind ja nur vier Tage weg. Es wäre gut, wenn das meiste in den großen Koffer passt.«

Mum beäugte kritisch den Wäscheberg und sah dann mit ebenso kritischem Blick aus dem Fenster.

»Wenn wir überhaupt zum Bahnhof kommen. Es schneit immer noch. Die Autos sind kaum noch zu erkennen, nur Schneeberge.«

Ich saß begeistert auf der Fensterbank, beobachtete das Schneetreiben und meine Eltern, die für den Besuch bei Opa Jena, dem Vater meiner Mutter, packten. Wir würden Silvester und die ersten Tage des frischen Jahres dort verbringen. Ich liebte Opa Jena und Tante Uschi, seine neue Frau, verwöhnte mich jedes Mal nach Kräften.

»Schau, dass der Kaffee und die Perlon-Strumpfhosen noch zwischen die Sachen passen. Tante Uschi freut sich schon so drauf.«

Bei vorangegangenen Besuchen hatten wir schon etliche Päckchen Jakobskaffee, Perlon-Strumpfhosen und Ritter-Sport-Schokolade über die Zonengrenze geschafft. Auf der Rückreise wurden die Lücken im Gepäck dann mit Thüringer Mettwurst, Holzspielzeug und Literaturklassikern gefüllt.

»So DDR-Kram kann man nicht lesen, aber bei den Klassikern, da hat der Honecker nicht dazwischengefunkt. Die könnt ihr mitbringen«, schärfte Omi uns ein. »Goethe, Schiller, Thomas Mann. Apropos Schiller. Kennt ihr die Kurzform vom Taucher? Blub, Blub, weg war er!« Omi verschluckte sich fast vor Lachen.

Etwas in den Westen auszuführen, war herausfordernd. Die meisten Waren durften die DDR nicht verlassen und schon gar keine Mettwürste. Aber irgendwie musste das Ostgeld, das wir zwangsweise im Tausch erhielten und das durch Opa Jenas zusätzliche Geldgeschenke nicht weniger werden wollte, ja umgesetzt werden. Auf die Thüringer

Mettwurst wartete Omi sehnsüchtig. »Schmeckt nach Heimat.«

Mum hatte den großen Koffer aufs Bett gewuchtet und geöffnet. Die kleineren Koffer mussten zuhause bleiben.

»Wenn das so weiter schneit, dann wird die Straßenbahn nicht mehr fahren, dann können wir zum Bahnhof laufen.«

Paps sah aus dem Wäscheberg auf. »Unser Zug geht ja erst morgen früh um halb sieben. Wird schon klappen. Wo ist denn meine grüne Krawatte?«

***

Es war fünf Uhr in der Früh. Drei dick eingepackte Gestalten kämpften sich die Pelikanstraße Richtung Podbi. Paps sah aus wie ein Yeti. Voller Stolz hatte er sich vor einigen Wochen einen langen Pelzmantel gekauft. Mit ungewohnter Härte verbot Mum ihm, mit mir über diesen Mantel zu sprechen.

»Kein Wort über die Kaninchen zu ihr!«

In meiner dicken, roten Daunenjacke und mit blauen Fäustlingen saß ich rittlings auf dem großen Koffer, den Paps durch den Schnee zog. Wir hatten Glück, noch versuchte die Stadt, dem Schnee Einhalt zu gebieten, noch wurden die Straßen geräumt.

Die Straßenbahn hatte fast 30 Minuten Verspätung, aber unser Zug ebenso. Vollkommen durchgefroren, ließen wir uns im Abteil auf die Sitze plumpsen. Ich zog meine Fäustlinge aus und hielt die Hände über den Lüftungsschlitz der Bahnheizung. Meine Hände begannen unangenehm zu kribbeln und zu brennen, als sie wieder warm wurden.

Wir waren allein in einem Abteil für sechs Personen. Mum klappte die Armlehne zwischen zwei Sitzen hoch und so konnte ich mich, zugedeckt von Paps' Mantel, auf beide Sitze kuscheln. Als der Zug losfuhr, schlief ich sofort ein.

Ich wurde von Hundegebell geweckt. Der Zug stand. Ich hörte schwere Schritte auf dem Gang. Abteiltüren wurden auf- und zugeschoben und eine schroffe Männerstimme befahl »Ausweispapiere!«

Mum bat mich, mich hinzusetzen und hängte Paps Mantel an den Haken neben mir. Paps hatte unsere Ausweise schon in der Hand und blickte angespannt auf den Gang.

Die Schiebetür zu unserem Abteil wurde aufgerissen. Zwei Männer in grauer Uniform schoben sich herein. »Willkommen in der Deutschen Demokratischen Republik, Ausweispapiere und Zollerklärung, bitte.«

Paps reichte einem der beiden die gewünschten Papiere.

Draußen vor dem Fenster, sah ich weitere Männer, in dicken Uniformmäntel, mit geschulterten Waffen. Sie führten die bellenden Hunde an der Leine.

»Führen Sie etwas ein? Druckerzeugnisse? Bücher, Zeitschriften, Kalender?« Paps verneinte die Frage.

»Was ist das Ziel ihrer Reise?« Der zweite Mann sprach Mum an, während sein Kollege unsere Papiere kontrollierte.

»Wir besuchen die Großeltern.«

Der Grenzer runzelte die Stirn und wandte sich dann an mich. »Na Kleene, willste den Opa besuchen? Bringste ihm denn auch wat Schönes mit?«

Ich war erleichtert. Das hatten wir geübt.

»Ich hab´ ihm ein Bild gemalt und Mum hat ihm Socken gestrickt.«

»Soso, Socken.« Der Mann grinste in Richtung seines Kollegen.

»Und was haben wir hier?« Er zeigte auf Paps Pelzmantel, der in seiner ganzen Flauschigkeit eine Menge Platz am Garderobenhaken einnahm. »Nerz?«

Paps wurde rot.

»Neee, kein Nerz. Kaninchen.«

Paps flüsterte fast.

Plötzlich laute Rufe und Türenknallen. Ein schriller Pfiff ertönte und die Männer verließen unseren Wagon ohne weitere Worte.

Der Zug setzte sich wieder in Bewegung. Paps sah mich unsicher an. Dabei hatte ich von dem Gespräch gar nichts mitbekommen. Ich hatte andere Sorgen, denn mein Bild für Opa lag noch zuhause auf dem Küchentisch.

Verbunden

Einige Jahre, nachdem Omi sich von Opa Jena getrennt hatte, heiratete er wieder.

So kam ich zu einer Uschi Oma.

Uschi Oma brachte einen Sohn und eine Tochter mit in die Ehe und einen Enkel, in den ich mich eines Sommers sehr verliebte und dem ich sehnsüchtige Briefe schrieb, die nie beantwortet wurden.

Opa Jena und Uschi Oma hatten eine Datscha, ein schlichtes, kleines Sommerhäuschen mit Garten. Hier zogen sie Gemüse, hegten und pflegten Obstbäume wie auch Beerenbüsche und legten abends die müden Füße auf der Bank vor dem Haus hoch. Uschi Oma kochte auf einem kleinen Spirituskocher ihre berühmte Himbeermarmelade, legte Gurken ein und Mirabellen für den Winter.

Opa baute in klaren Sommernächten sein Teleskop auf und betrachtete den Sternenhimmel. Er hatte als Ingenieur bei Zeiss gearbeitet und dieses Gerät war sein Abschiedsgeschenk zum Renteneintritt.

»Das ist ein Okular, Püppi«, erklärte er mir und hob mich hoch, damit ich hineinschauen konnte. »Okular steht für Oculus, auf Latein heißt das Auge. Du musst ein Auge zukneifen, dann kannst du den Mond sehen.«

Opa profitierte von der sogenannten „Intelligenzrente“, einer von mehreren Sonderrenten für besondere

Berufsgruppen der DDR. So viel zum Arbeiter- und Bauernstaat. Im Vergleich zu anderen Rentnern in der Ostzone ging es ihm finanziell gut und so ließ er es sich nicht nehmen, mich bei meinen Besuchen mit einem großzügigen Taschengeld auszustatten.

Opa Jena und Uschi Oma bewohnten eine Dreiraumwohnung in einem Altbau, nah am Zentrum der Universitätsstadt. Die Wohnung lag im zweiten Stock und die Toilette, die sie sich mit den Nachbarn teilten, auf halber Treppe nach unten. Das Klopapier stammte aus der Produktion der VEB Vereinigte Zellstoff- und Papierfabriken in Merseburg. Es war hart, rau und dünn und man durfte nicht vergessen die Rolle mit runter aufs Klo zu nehmen. Auch die Nachbarn ließen ihre Rolle nicht im Gemeinschaftsklo.

Wenn ich zu Besuch kam, dann schlief ich im „Kinderzimmer". Kinder gab es hier nicht mehr. Uschi Omas Nachwuchs war schon lange erwachsen und lebte im Plattenbau in Jena-Lobeda, vor den Toren der Stadt. Opa hatte ihnen durch seine Kontakte zu Zeiss diese Wohnung vermitteln können, denn die weitläufigen Plattenbauten in Jena-Lobeda waren überwiegend für die Beschäftigten bei Zeiss errichtet worden.

Das „Kinderzimmer" war dunkel und kühl. Das Licht wurde mithilfe schwarzer Drehschalter aus Bakelit angestellt. Ich liebte diese Schalter, ihren Widerstand beim Drehen und das Klicken, mit dem es Licht wurde.

$$***$$

»Mein Hildchen!« Opa zog Omi an seine Brust und die beiden drückten sich herzlich. Es waren Osterferien und ich war, diesmal nicht mit dem Zug, sondern in Omis roten Audi mit ihr nach Jena gereist.

Wir hatten vor dem Haus geparkt. Opa musste schon am Fenster gestanden und uns erwartet haben.

»Meine Püppi!«

Er drückte mir einen feuchten Kuss auf die Wange und strubbelte mir durch die Haare. Opa roch warm und würzig nach Tabac Aftershave, das wir ihm in unseren regelmäßigen Paketen zusammen mit Feinstrumfhosen und Kaffee für Uschi Oma und Ritter-Sport-Schokolade schickten.

Omi war Expertin im Zusammenstellen und Verpacken der sogenannten „Westpakete". Sie hielt sich penibel an die staatlichen Vorgaben von Waren und Gewicht. Etwas freier interpretierte sie dagegen die Informationssperre und das Verbot, dem Paket Druckerzeugnisse jeglicher Art beizulegen. Tante Uschi wurde über die neuesten Modetrends und Strickmuster mithilfe von Verpackungsmaterial in Form einzelner Seiten aus diversen Illustrierten informiert. Natürlich erhielt jeder dieser illustriert verpackten Inhalte einen weiteren

„Mantel" aus Geschenkpapier, das in der DDR schwer zu bekommen und entsprechend begehrt war.

Omi erstellte, wie im Merkblatt für Westpakete vorgegeben, eine sorgfältige Liste aller Inhalte, legte sie dem Paket zuoberst bei und deklarierte das Ganze mit dem wichtigen Schriftzug „Geschenksendung – KEINE Handelsware!!!". So erreichten nicht alle, aber viele unserer Pakete ihre Adressaten.

Opa nahm unseren Koffer. Uschi Oma stand schon am Treppenabsatz vor der Tür zur Wohnung. Aus der Wohnung roch es nach Kaffee und „Selterskuchen", einem Blechkuchen, dem neben Backpulver der Marke Backstolz auch ein Schuss Selters beigemischt wurde.

»Da seid ihr ja. Wie schön! Mechthild, kommst du frisch vom Friseur?« Uschi Oma nahm Omi in den Arm und musterte ihre gepflegte und leicht toupierte Kurzhaarfrisur.

»Sehr schick! Und erst der Mantel.«

Mit diesen Worten war das Schicksal von Omis Mantel besiegelt. Er würde am Ende unseres Besuches bei Uschi Oma ein neues Zuhause finden.

Besuche in Jena, ob mit Omi oder mit Mum und Paps, wurden immer von einem ähnlichen Programm flankiert. Ich liebte alles an diesen Tagen.

Wir machten gemeinsame Ausflüge zum Fuchsturm, bei denen ich ständig nach ebendiesen Tieren Ausschau hielt, wir besuchten Uschi Omas Familie in Lobeda und ließen uns von Opa zu Thüringer Klößen ins Gasthaus zum Roten Hirsch einladen.

Früh morgens stand Uschi Oma in der Küche und entfachte die Glut ihrer „Küchenhexe" mit fest zerknüllten Zeitungen. Es gab Brötchen mit Himbeermarmelade, zu Mittag Soljanka, die schon früh am Morgen auf dem Ofen köchelte und zum Nachtisch eingekochte Mirabellen vom letzten Sommer.

Abends spendete der große Kachelofen im Wohnzimmer wohlige Wärme. Wir spielten „Schwarzer Peter" und „Mikado". Ich bekam eine Club-Cola und die Erwachsenen tranken Rotkäppchen-Sekt.

Später besaß Opa auch ein Fernsehgerät und wir schauten „Ein Kessel Buntes" und manchmal Sendungen aus dem Westen, denn den Funkwellen war die Grenze egal. Nur nicht dem Nachbarn, dem einen, dem Spitzel der Stasi und wegen ihm war der Ton so leise, dass wir kaum etwas verstehen konnten.

»Manches bleibt lieber in den eigenen vier Wänden«, erklärte Opa mit Nachdruck und schaute dabei vor allem seinen Schwiegersohn ernst an.

Zwischen Omi und Opa Jena war, trotz ihrer Trennung, trotz neuer Leben und Lieben so viel Nähe und Verbundenheit.

So würden es irgendwann auch Mum und Paps halten.

Böse Mädchen

Der Pförtner hob grüßend die Hand und das schwere Eisentor glitt zur Seite. Langsam manövrierte Omi ihren roten Audi über die schmalen Zufahrten des Birkenhof, vorbei an düsteren, roten Backsteinhäusern und hielt vor einer betonierten Rampe.

Der Birkenhof, eine Bildungseinrichtung der evangelischen Kirche, die als Ausbildungsstätte für Kinderpflegerinnen und Erzieherinnen betrieben wurde und damals gleichzeitig ein „Heim für gefährdete Mädchen" beherbergte.

Ich begleitete Omi oft, wenn sie alle zwei Wochen volle Wäschekörbe mit Bett- und Tischwäsche hierherbrachte und gereinigte, gemangelte Wäsche abholte. Ich wartete am Auto, wenn Omi die Körbe ins Gebäude trug und durch eine kleine Metalltür verschwand.

Der Ort hatte einen besonderen Geruch. Er erinnerte mich daran, wie Mum Hemden bügelte. Es roch sauber und verbrannt gleichzeitig. Aus dem Gebäude drang immer wieder eine Art Zischen und aus dem kleinen Schornstein zog weißer Dampf.

Ich durfte nicht mit hinein, mich aber auch nicht vom Auto wegbewegen. Omi konnte sehr streng sein und ich wollte mir das versprochene Eis am Nachmittag nicht verscherzen.

»Na Kleene, was bist du denn für eine?« Zwei Mädchen schlenderten lässig auf mich zu.

»Hast dich wohl verlaufen?« Die kleinere der beiden zog eine Zigarettenschachtel aus ihrer Tasche. Beide trugen weiße Kittel und schienen grade Pause zu machen.

»Nettes Auto. Gehört das deinem Papa?« Die andere hatte kurze blonde Haare und grinste breit, als sie sich gemütlich an Omis Audi lehnte und sich eine der Zigaretten ansteckte. Sie nahm einen tiefen Zug und blies ihn in meine Richtung. »Mal ziehen?«

Ich verzog das Gesicht und versuchte, mir meine Unsicherheit nicht anmerken zu lassen. Omi würde sicher gleich zurückkommen und dann könnte ich mich ins Auto retten. Das mussten die „bösen Mädchen“ sein, von denen Omi erzählte, wenn das „Teufelchen in mir“, wie sie es nannte, mal wieder die Oberhand gewann.

»Die bösen Mädchen müssen im Birkenhof die Wäsche waschen, von früh morgens bis zum Abend und wünschten sich, sie wären nicht so ungezogen gewesen.«

Während mir Opas Drohung vor dem Schwarzen Mann einfach nur Angst machte, waren meine Reaktionen auf Omis Ausführungen vielfältiger. Sie ließen mich schaudern und übten gleichzeitig eine kribbelige Faszination auf mich aus. Wie sahen „bösen Mädchen“ aus? Was hatten sie getan, um derart bestraft zu werden?

Reichte es schon, wenn man dem Freund seiner Oma die Zunge rausstreckte und ihn Blödmann nannte oder 50 Pfennig aus Omis Münzenschälchen am Telefon mopste?

War man ein „böses Mädchen", wenn man zu Hause heimlich an das Fach mit den Süßigkeiten ging oder unerlaubt einen Löffel Schokocreme aus dem Glas naschte? Wenn man auf dem Nachhauseweg bummelte und behauptete, die Lehrerin hätte die Stunde überzogen?

War ich ein „böses Mädchen", weil es manchmal in mir heulte, schrie und tobte und diese Gefühle sich Bahn brachen, wenn und weil das Leben einfach so wahnsinnig ungerecht war und Omi manchmal ganz besonders?

Wie Paps liebte Omi Schmuck. Auch sie trug goldene Ringe mit großen Steinen. Die brannten allerdings heftig auf meiner Lippe, wenn ich „eine auf den Mund" bekam, weil das Teufelchen in mir Oberhand hatte. Trotzdem liebte ich diese Ringe an ihrer Hand, den mit dem lilafarbenen Amethyst, oder den mit dem blauen Lapislazuli.

Heute trage ich deine Ringe, Omi.
Ich trage sie mit Stolz.

Welches Verbrechen die bösen Mädchen vom Birkenhof auch immer begangen haben mochten, es erschloss sich mir damals nicht. An diesen beiden war so gar nichts gefährlich. Sie rauchten, sie lachten und schenkten mir einen Streifen Kaugummi.

Als Omi mit einem großen Wäschekorb aus dem Haus kam, traten beide sofort ihre Zigaretten aus. Die mit den kurzen, blonden Haaren ging Omi entgegen und nahm ihr den Wäschekorb ab. Die andere öffnete den Kofferraum.

Omi bedankte sich freundlich, aber knapp und öffnete mir die Tür zur Rückbank. Ich krabbelte auf den Sitz und war unfassbar erleichtert.

Es war also gar nicht schlimm, ein böses Mädchen zu sein.

Child in Time

Es gibt diese Menschen, die manchmal nur ganz kurz den eigenen Lebensweg kreuzen und einem trotzdem, zum genau richtigen Zeitpunkt, etwas Wertvolles hinterlassen. So ein Mensch war Herr Finke.

Herr Finke war Referendar an meiner Grundschule und unterrichtete unsere dritte Klasse in Musik. Er trug die Haare zum Zopf gebunden, eine starke Brille und immer Cordhosen. In dem von Frauen dominierten und mittelalten Kollegium unserer Schule wirkte er seltsam fremd. Bisher gipfelten unsere Erfahrungen im Musikunterricht im Singen von Volksliedern aus der Mundorgel und dem Ausmalen und Beschriften von Arbeitsblättern über Instrumente.

Herr Finke öffnete die Türen zu neuen musikalischen Erfahrungen und zur Instrumentenkammer weit. Er fegte den Staub von bisher nie genutzten Tamburinen und Triangeln, Xylophonen und Klanghölzern.

Jede Stunde erwartete uns ein neues Szenario von Instrumenten, die zur Erprobung bereitlagen. Mit der ganzen Wucht kindlicher Neugierde und Experimentierfreude ließ uns der junge Referendar auf Trommeln schlagen und Rasseln schwingen.

Wir lernten genau hinzuhören, wenn wir unsere Instrumente einzeln vor der Klasse zum Klingen brachten, wir erdachten kleine Stücke für Triangel und Klangholz, ließen die anderen unsere Ideen nachspielen und steigerten uns am Ende in ein großes, gemeinsames Finale.

Der Musikraum lag etwas abseits der Klassenzimmer in der Nähe der Sporthalle. Die Sporthalle war Frau Königs Reich. Unsere Klassenlehrerin waltete hier mit aller Strenge und trug die silberne Trillerpfeife, die oft auch in den Pausen, auf dem Schulhof, zum Einsatz kam, stolz auf ihrer beachtlichen Brust.

Wir hatten uns einzeln warm gespielt. Nun stand Herr Finke in einem Kreis aus Kindern an den unterschiedlichsten Instrumenten und dirigierte unsere Einsätze.

Erst die Klanghölzer. Klack, klack, klackklackklack... dann die Triangeln Klingklingkling... gefolgt von den Becken KLIRR und der Pauke WUMWUMWUM.

Mit roten Wangen steigerten wir uns in eine herrliche Symphonie voller kindlicher Spielfreude. Herr Finke stand begeistert in unserer Mitte und feuerte etwas zurückhaltende Charaktere mit aufmunternden Zurufen an. »Trau dich, Meike! Hau drauf, Lisa! Kräftig auf die Pauke, Björn!« Der Musikraum vibrierte vor Energie.

Plötzlich wurde die Tür aufgerissen und der schrille Ton einer Trillerpfeife durchschnitt unser Konzert. Erschrockene Gesichter, plötzliche Stille. Frau Königs Augenbrauen sprachen Bände. »Kollege Finke? Kann ich Sie kurz sprechen?«

Den Rest der Stunde sangen wir „Heyo, spann' den Wagen an", immerhin im Kanon.

***

Was auch immer Frau König ihrem jungen Kollegen gesagt haben mochte, für seine Unterrichtsplanung hatte es wenig Konsequenzen. Das war gut für uns Kinder und weniger gut für Herrn Finke, dem noch einige Unterrichtsbesuche bevorstanden, bevor er sein Examen in der Tasche haben sollte. Dass wir statt „Im Märzen der Bauer" „Über den Wolken" von Reinhard Mey sangen, tolerierte Frau König, die einen sehr guten Draht zur Rektorin hatte, grade noch so.

Als aber eines Tages „Child in Time" von Deep Purple aus der Musikanlage weit in die Schulflure dröhnte und wir das Stück begeistert mit Triangeln, Xylophonen und Glockenspielen begleiteten, da tanzten die gefürchteten Augenbrauen Tango. Schnellen Schrittes eilte Frau König ins Rektorat.

Pünktlich zum epischen Gitarrensolo, das Herr Finke begeistert auf der Luftgitarre mitspielte, öffnete die Rektorin die Tür. Anders als Frau König unterbrach sie unser Konzert nicht. Sie stand nur still im Türrahmen und beobachtete.

Wir bekamen eine neue Musiklehrerin. Frau Albert liebte Blockflöten.

Herr Finke verschwand sehr plötzlich aus der Schule. Für einen wie ihn waren die Menschen an dieser Schule noch nicht reif. Wie die Welt für so vieles.

Sweet child,
in time you'll see the line.
The line that's drawn between good and bad.

Herr Professor

Onkel Didi gehörte für mich ganz selbstverständlich zu unserer Familie. Eifersucht empfand ich ihm gegenüber nie. Er war, neben Mum, Paps' große Liebe. Das schloss jedoch weitere, kleinere Lieben nicht aus. Onkel Didi wusste das und Mum ohnehin. Den Begriff Polyamorie kannte damals noch niemand und das Wort Polygamie nahm man höchstens in Bezug auf die Tierwelt in den Mund. Was sich gehörte, war in der Gesellschaft auch sprachlich klar definiert.

Omi hatte einige Jahre einen festen Partner, auch neben kleineren Liebschaften. Er zog sogar bei ihr ein.

Da litt ich.

Dieser ältere Herr mit dem schütteren, weißen Haar und der imposanten Größe von 1,90 Meter war Rumäne. Er sprach nur gebrochen Deutsch, was unserem Verhältnis nicht grade zuträglich war. Omi dagegen sprach mit ihm Französisch. Das beherrschten beide perfekt. Ich fühlte mich ausgeschlossen.

Alexandru Eugen Popesco war Mediziner und vor dem Regime des rumänischen Präsidenten Nicolae Ceausescu 1975 zunächst nach Frankreich geflohen und dann in Deutschland sesshaft geworden. Omi hatte er in der Volkshochschule kennengelernt.

Dabei war Herr Professor kein unangenehmer Mensch. Er war überwiegend freundlich, klug, sehr kultiviert und mit seinem wohlklingenden Titel machte er was her. Omi genoss das sehr und so sprachen wir alle nur vom „Herrn Professor". Auch Jahre nach der Trennung, sogar nach seinem Tod, behielt Omi das schicke, goldene Schild mit seinem Titel und Namen an ihrer Haustür.

»Das schreckt Einbrecher ab, wenn hier anscheinend ein Mann lebt.«, argumentierte sie.

Mir war sein Titel egal, das Schild an der Tür kam mir wie ein Fremdkörper vor. Er, der Fremde, stahl mir Omis Aufmerksamkeit und rüttelte an unserer Zweisamkeit.

Die mittäglichen Rituale veränderten sich. Das Essen wurde ohne unsere gewohnten Spiele eingenommen. Es gab jetzt Leinenservietten, die nach dem Gebrauch in bestickte Taschen zurückgelegt wurden und es wurde Mittagsruhe gehalten.

Zwischen 14 und 15 Uhr hatte ich mucksmäuschenstill zu sein. Noch nicht einmal eine Märchenplatte durfte ich hören, denn der Plattenspieler stand im „blauen Salon" und der grenzte an das Wohnzimmer, in dem sich Herr Professor auf dem Sofa ausstreckte. Hausaufgaben sollte ich machen, malen oder lesen.

Auch Omi zog sich dann zur Mittagsruhe zurück und ich vermute, sie genoss das Stündchen ohne den neuen Lebenspartner, der doch einige Ansprüche stellte, die ihrer Freiheitsliebe widersprachen.

Die Stille der Mittagsruhe rauschte in meinen Ohren. Ich versuchte, mich mit den Hausaufgaben zu beschäftigen und saß vor meinem LÜK-Kasten.

„Lerne, Übe, Kontrolliere", die flachen Plastikkästen mit ihren Legeplättchen begleiteten meine Grundschulzeit und ich hasste sie. Die Plättchen waren beidseitig bedruckt. Die eine Seite zeigte eine Zahl, die andere einen Teil eines Musters. Hatte ich alle Aufgaben des dazugehörenden Buches richtig gelöst, entstand beim Umdrehen der Legefläche ein korrektes Muster, was mir so gut wie nie gelang. Frau König, unserer Klassenlehrerin, nutzte die Kästen überwiegend für den Matheunterricht. Rechnen und puzzeln, eine schlimmere Kombi konnte ich mir kaum vorstellen.

Ich drehte die Fläche so vorsichtig wie möglich. Klar, dass wieder einige der Plättchen verrutscht waren und natürlich gab es Fehler im Muster. Ich hätte die Dinger am liebsten vom Tisch gefegt. Das wäre nicht das erste Mal gewesen. Stattdessen saß ich wie versteinert auf dem taubenblauen Sofa, hörte das Ticken der Uhr, das Rauschen in meinen Ohren und ein regelmäßiges Schnarchen aus dem Wohnzimmer.

Alles in mir wurde eng und ich ballte die Fäuste. Da kämpfte sich grade das von Omi so benannte „Teufelchen" an die Oberfläche. Ich hasste es, wenn sie mich so betitelte.

Ich hatte keinen Bezug zu diesen Teufeln und Engeln, die in mir wohnen sollten.

Ähnlich ging es mir mit Omis Einschätzung, ich würde etwas ausbrüten, wenn ich kränkelte. Da konnte ich fuchsteufelswild werden. Ich war schließlich kein Huhn.

In mir tobte es. Dieser doofe Schnarcher da nebenan, was bildete der sich eigentlich ein? Omis Mittagszeit gehörte mir, Omi gehörte mir. Das erste Mal in meinem Leben spürte ich Eifersucht auf einen Menschen.

Ich schlich mich ins kleine Badezimmer und öffnete Omis Kosmetikschränkchen. Hier fand ich, was ich brauchte. Mit der Nagelschere schnitt ich ein breites Stück von den Wundpflastern ab, die Omi im Schränkchen verwahrte.

Auf Zehenspitzen schlich ich zurück in den Flur, immer darauf bedacht, dass die Dielen unter meinen Füßen nicht knarrten. Mein Herz klopfte wie wild, als ich die Klinke der Wohnzimmertür langsam herunterdrückte. Ich schob mich vorsichtig ins Zimmer. Hier lag Parkett, hier konnte ich auf meinen Strümpfen leise über das Holz zum Sofa gleiten. Da lag der Professor mit leicht geöffnetem Mund. Ein älterer Herr mit schütterem Haar und jeder Menge Altersflecken auf der dünnen Haut.

Ich löste das Papier von der Klebefläche und legte das Pflaster vorsichtig über den Mund meines Opfers. Seine Mundwinkel zuckten. Das Pflaster fester anzudrücken, traute ich mich nicht. Fasziniert starrte ich auf mein Werk.

Ich hatte beim Aufkleben einige Nasenhaare mit erwischt. Das würde beim Lösen sicher wehtun. Geschah ihm recht.

Omi war anderer Meinung. Sie war stinksauer auf mich, drängte mich zur Entschuldigung und strafte mich, nach der gewohnten Predigt über „böse Mädchen" für den Rest des Nachmittags mit Nichtbeachtung.

Herr Professor teilte mir großzügig mit, er würde mir meine Verfehlung verzeihen.

Ich ihm aber nicht. Nichts konnte und wollte ich diesem Eindringling in unser Leben verzeihen. Und vor bösen Mädchen hatte ich schon lange keine Angst mehr.

Irgendwann war er dann tatsächlich verschwunden. Über die Gründe sprach niemand mit mir. Er hinterließ ein kleines Ölgemälde, das er selbst gemalt hatte. Es zeigte das Gesicht eines jungen, bärtigen Mannes, der mit einer Art goldener Krone geschmückt war. Mich faszinierte dieses Gesicht.

»Die Krone ist aus echtem Gold, aus Blattgold«, erklärte mir Omi. »Das ist ein Bild von Jesus. Ikonen nennt man diese Bilder.«

Von Herrn Professor blieb nur dieses Heiligenbild.

Es steht heute auf meinem Schrank im Arbeitszimmer, Omi.

Loslassen gehörte nie zu den Stärken unserer Familie.

***

Liebe Omi,
wären wir nicht tatsächlich verwandt, dann wären es
mindestens unsere Seelen.

Es gibt unendlich viele Mutmach-Lieder, Texte,
Gedichte über das Hinfallen, Aufstehen und Krone richten.
Die habe ich alle nicht nötig. Es reicht dein Vorbild.

Dein Mut, die Fähigkeit niemals aufzugeben, nie die
Hoffnung zu verlieren und einfach immer wieder neu zu
beginnen, der hat sich mir tief eingeprägt.

Mit fast achtzig, wenn andere näher zu ihren Kindern
ziehen, da hast du deine Koffer gepackt und über 300
Kilometer von uns entfernt wieder ausgepackt. Der Liebe
wegen. Das war 1998 und damals habe ich es noch nicht
verstehen können.

Wenn ich einen Gegenstand ganz besonders mit dir
verbinde, dann ist es deine alte, schwarze
Reiseschreibmaschine. Auf ihr wurde getextet und
gedichtet, was die Farbbänder der Maschine hergaben.
Jeder Geburtstag, jedes Jubiläum wurde von passenden
Worten flankiert und von dir voller Leidenschaft zum
Besten gegeben.

Als Kind fand ich das herrlich, später als Jugendliche
war es mir unendlich peinlich und heute würde ich so viel

dafür geben, mit dir zu dichten, zu schreiben, dir meine Texte zeigen zu können. Einfach mit dir zu reden.

Wir beide haben uns später, als ich erwachsen wurde und meinte, es gebe nur eine Wahrheit, so oft verletzt. Mit Worten gefochten, weil wir beide ihre Macht kannten, um uns dann mit Taten zu versöhnen, denn Liebe braucht nur sehr wenig Worte.

In vielen Dingen, die ich tue, denke ich dich mit. Deine Meinung, deinen Rat und hoffe, ich mache dich stolz.
Ich war und bin von starken Frauen umgeben. Jede zeigt ihre Stärke auf andere Weise, mal zart und leise, wie Mum, mal laut und kämpferisch, wie du und im besten Fall je nach dem, was grade passt. So macht es deine Enkelin.

Alles ist Versuch und Irrtum, alles ist Abenteuer und aufgeben nie eine Option. Danke für diese Lektion. Ich musste erst weiter reifen, um sie zu verstehen.

Omi, ich bin dankbar, dass das Wichtigste zwischen uns am Ende nicht ungesagt blieb.

Der Splitter

Omi und Paps verband viel mehr als der angeheiratete Verwandtschaftsgrad. Sie waren sich ähnlich, in ihrer Sicht auf die Welt, in ihrem Suchen nach Glück.

Omi war schon früh in das besondere Arrangement ihrer Tochter und ihres Schwiegersohnes eingeweiht worden. Für sie machte es keinen Unterschied, die beiden würden schon wissen, was für sie gut war. Sie genoss es, ihrem Schwiegersohn ihre eigenen Liebschaften anvertrauen zu können. Er würde sie niemals verurteilen. Ganz anders als ihr eigener Sohn.

Für Paps war Omi an die Stelle seiner Mutter getreten, die er sehr vermisste, doch mit der er nie über seine Sehnsüchte hatte sprechen können.

Beide reisten leidenschaftlich gern. Beide taten dies in wechselnder Begleitung.

***

Es war wenige Tage vor Heiligabend. Paps war schon den ganzen Tag unruhig. Beim Schwimmen hatte er zusätzliche Bahnen gezogen und war nicht bei der Sache, als ich ihn danach noch zum Tauchwettbewerb überreden wollte.

Es war Freitagabend und Paps hatte noch mit keinem Wort davon gesprochen, dass er sich heute mit Onkel Didi treffen würde. Das war seltsam. Wir würden gemeinsam Abendbrot essen und auch das geschah in letzter Zeit äußerst selten.

Mum hatte Pasteten gefüllt mit Ragout Fin, unsere neueste kulinarische Entdeckung, in den Backofen geschoben und der Duft zog bis in mein Zimmer, am Ende des langen Flures.

An meinem Fenster bildeten sich, wie jeden Abend im Winter, Eisblumen. Der kleine Radiator gluckerte betriebsam und kam doch nicht gegen das Eis auf der dünnen Einmalverglasung meines Fensters an.

Ich liebte diese Eisblumen. Sie erinnerten mich an das Märchen von der Schneekönigin, an die Liebesgeschichte zwischen Kai und Gerda.

Der Teufel hatte einen Zauberspiegel, der alles Gute und Schöne ins Gegenteil verkehrte, wenn man in ihn hineinsah. Eines Tages zersprang dieser Spiegel und seine Splitter verteilten sich über die ganze Welt. Einer der Splitter flog ins Auge des kleinen Kai. Eine große Kälte stieg in Kai auf und um alle Liebe für seine Familie und seine Freundin Gerda beraubt, folgte er der Schneekönigin in ihr eisiges Reich. Gerda aber gab die Hoffnung nicht auf und machte sich auf die gefährliche Reise, um ihren lieben Kai zu retten.

Die Schneekönigin war mein absolutes Lieblingsmärchen, wobei mir Gerda viel zu brav erschien und ich mich eher mit der wilden Räubertochter identifizieren konnte, die Gerda auf ihrer Suche nach Kai beistand. Nur, dass diese Räubertochter Tiere in Gefangenschaft hielt, das nahm ich ihr übel.

Ich malte die Formen der Eisblumen am Fenster nach und wartete, dass Mum zum Abendbrot rufen würde. In der Küche hörte ich meine Eltern miteinander reden, bis es plötzlich still wurde und ich kurz darauf die Haustür laut ins Schloss fallen hörte.

Hatte Mum etwas beim Einkaufen vergessen? Ging Paps es besorgen? Ich rieb meine kalten Finger und ging in die Küche. Dort saß Mum am Küchentisch und weinte. Ich kuschelte mich von hinten an ihren Rücken und umarmte sie.

»Ist schon gut Mausematz, mir sind nur die Pasteten verbrannt. Ich mach´ uns neue.« Mum stand auf und versuchte, mich nicht anzuschauen. Sie putzte sich die Nase und blickte aus dem Fenster. Kleine Schneewirbel tanzten im Schein der Straßenlaternen, die Autos waren mit dicken Mützen aus Schnee bedeckt.

Ich nahm drei Teller aus dem Schrank und stellte sie auf den Tisch. Mum schüttelte den Kopf.

»Paps musste noch mal ins Büro. Er isst leider nicht mit uns. Wir zwei nehmen unser Essen mit zum Sofa und machen es uns ganz gemütlich.«

Dagegen hatte ich nichts einzuwenden.

»Mum, wen magst du mehr? Gerda oder die Räubertochter?«, fragte ich sie später, ins Bett meiner Eltern gekuschelt, denn Paps' Seite war ja, wie so oft, frei. Mum seufzte und dachte einen Augenblick nach.

»Ich mag beide, aber am besten verstehe ich Gerda«, sagte sie und strich mir übers Haar.

An diesem Abend hatte Paps meiner Mutter mitgeteilt, dass er Weihnachten und Silvester mit Onkel Didi auf Teneriffa verbringen würde.

Neujahr

Das Weihnachtsfest hatten Mum und ich bis auf den ersten Feiertag, der mit meinem Onkel und seiner Familie bei Omi gefeiert wurde, allein verbracht.

Wir hatten gespielt, Märchenfilme geschaut und Kekse gebacken. War der Teig fertig, schaute ich überrascht zur Tür und sagte: »Mum, ich glaube, es hat geklingelt.« Mum nickte dann und sagte, das würde sie auch glauben und ging zur Haustür. Die Küchentür schloss sie hinter sich. Jetzt konnte ich mir ein Stück Keksteig aus der Schüssel stibitzen und genüsslich verspeisen.

„Es hat geklingelt!" war eines unserer festen Rituale bei jeder Art des Backens, seien es Kekse oder Kuchen.

Omi schenkte Mum zu Weihnachten eine kleine Reise. »Was dein Mann kann, das können wir Mädels schon lange!« Mit diesen Worten hatte sie Mum einen Hotelprospekt überreicht.

***

Mum, Omi und ich verbrachten also die Tage „zwischen den Jahren" und Silvester in Bad Ems. Das Grand Hotel, direkt am Ufer des Flusses, bot eine Sauna, ein

Schwimmbad und Schönheitsanwendungen, die Omi sehr schätzte und für Mum gleich mit spendierte.

Ich hatte ein eigenes Zimmer, das an das Doppelzimmer der beiden Frauen grenzte und fühlte mich im Hotel königlich. Die Flure des noblen Hauses waren mit dicken Teppichen ausgelegt, es gab einen Portier an der breiten Eingangstür und immer lächelnde Menschen am Empfang.

Die Mahlzeiten wurden im Frühstückssalon und im Saal serviert. Morgens gab es Eier im Glas. Ich war fasziniert und bestellte sie mir voller Begeisterung. Omi nahm nur einen Naturjoghurt, den sie mit Natreen süßte, darauf reichlich Weizenkleie für die Verdauung und Leinsamen für schöne Haut und Haar. Mum gönnte sich ein Vollkornbrot mit Käse, dazu viel schwarzen Kaffee.

Wir hatten nur Halbpension gebucht und so verschwanden drei gut belegte Brötchen, in Servietten gewickelt, in Omis Handtasche. »Für unterwegs!«

Vor dem Frühstück wurde geschwommen und danach verschwanden Omi und Mum abwechselnd zu den Behandlungen der Schönheitsabteilung. Mit hochroten Wangen kamen sie mittags zurück aufs Zimmer und sammelten beim Mittagsschlaf Kraft für nachmittägliche Ausflüge. Ich malte viel und erkundete die Gänge des Hotels. Leider gab es hier keine weiteren Kinder in meinem Alter.

***

Am Silvestertag gingen wir schon vormittags über eine große Brücke ans andere Ufer der Ems und fuhren mit einer Seilbahn den Berg hinauf.

Mum und Omi tuschelten, während ich sorgenvoll die Seile und Kabel beobachtete, die unsere Kabine in der Luft hielten.

»Er ist direkt hinter uns eingestiegen«, hörte ich Omi flüstern.

Oben angekommen bot sich uns der Blick über Stadt und Fluss und ein mir unbekannter Herr stand plötzlich neben uns und lud uns zu Kaffee und Kuchen ein.

Omi lachte viel und ein bisschen zu laut. Mum beteiligte sich höflich am Gespräch.

Nach unten fuhren wir wieder zu dritt.

»Wie findest du ihn?« Omi strahlte Mum an.

∗∗∗

Die Silvesterfeier fand im Saal des Hotels statt. In der Mitte des hohen, stuckverzierten Raumes war ein großes Buffet aufgebaut. Die Suppe wurde am Tisch serviert, doch danach sollten wir uns an den Köstlichkeiten des Buffets bedienen.

Ich hatte zuvor schon alles genau inspiziert und freute mich am meisten auf die Vanillesauce, die zur roten Grütze gereicht wurde. In der Mitte des riesigen Tisches stand ein

Schwan aus Butter, was mich dazu inspirierte einen großen Teil des Abends Muster in kleine Butterstückchen zu schnitzen, die ich immer wieder vom Buffet stibitzte.

Wir saßen zusammen mit zwei Ehepaaren an einem großen, runden Tisch. Die Damen und Herren waren in Omis Alter. Einer der Männer blinzelte mir zu. Seine Frau lachte.

»Na Hermann, flirtest du wieder mit den jungen Dingern?«

Ich hätte ihr gern erzählt, dass ich am Nachmittag mit ihrem Hermann, Omi und Mum Kuchen auf dem Berg gegessen hatte, aber Omi sah mir das wohl an.

»Wer kommt mit mir mit und holt sich einen Nachtisch?«

Den Nachtisch aßen Omi und ich an einem kleinen Tisch im Nebenraum. Nach dem Essen sollte ich ohnehin aufs Zimmer gehen, denn die Erwachsenen würden noch etwas feiern. So behielt ich mein Wissen für mich und begrub es unter einer großen Portion Vanillesauce.

***

Am Neujahrsmorgen reisten wir ab. Ein trauriger Hermann stand am Straßenrand und winkte.

Omi fuhr flott. Der Christophorus, Schutzheiliger der Autofahrer, klebte verlässlich am Armaturenbrett, neben dem Radio. Ich versuchte zu schlafen, denn lange

Autofahrten führten bei mir oft zu Übelkeit. Das Radio spielte klassische Musik und ich sank in unruhigen Schlaf. Ich träumte von Wölfen und dunklen Fluren.

In der frühen, winterlichen Dämmerung kamen wir zuhause an. Omi war erschöpft von der langen Fahrt und setzte Mum und mich nur vor der Haustür ab. Müde schleppten wir uns und den großen Lederkoffer in den dritten Stock.

Paps war mit Onkel Didi noch auf Teneriffa und sollte erst am nächsten Tag zurückkommen.

Aber Paps lag im Flur, auf dem Boden, gleich hinter der Haustür. Neben ihm leere Flaschen und ein Blister mit Valium, fast leer. Es roch seltsam streng, Paps jammerte leise. Er sah uns aus rotgeweinten Augen an.

»Es tut mir so leid!«

In dieser Nacht drückte ich mich im Bett eng an Mum.

Paps besuchten wir am nächsten Tag in der Klinik.

Zehn Jahre

Paps liebte das Leben. Dazu gehörte die Leidenschaft für Musik, Kunst, Mode und gutes Essen.

Paps liebte Mum, er liebte Onkel Didi, doch mit der Treue tat er sich schwer. Also beschwor er mit all seinem Lebenshunger regelmäßig Dramen, die auch an Mum und mir nicht spurlos vorübergingen.

An einem Karfreitag hatte Paps einmal weinend im Wohnzimmer auf dem Boden gekniet. Im Fernsehen lief die Messe mit Papst Johannes Paul dem Zweiten. Paps hatte die Hände vor der Brust gefaltet, betete fast tonlos, während ihm die Tränen über die Wangen liefen.

»Und vergib mir meine Schuld!«

Onkel Didi stand zu Paps, doch einige Male kam er an die Grenzen seiner Leidensfähigkeit und warf ihn raus. Paps kam dann schon am Samstagabend nach Hause und suchte bei uns Trost. Mum verwehrte ihn nie.

***

Ich war an all das gewöhnt. Gewöhnt an Tränen, Dramen und den „Hauch Wimperntusche" im Gesicht meines Vaters, gewöhnt an überschäumende Lebensfreude und tiefe Abstürze, gewöhnt an die allgegenwärtige Herrenhandtasche.

Irgendwann gehörten auch versteckte Weinbrandflaschen im Kohlefach des alten Badezimmerofens, Schnapsflaschen ganz unten im Kleiderschrank oder hinter dem Sofa zu unserem Leben. Wo immer wir Verstecke fanden, entfernten Mum und ich den Flascheninhalt. Niemand von uns sprach darüber. Auch Paps sagte dazu nichts.

Ich gewöhnte mich daran, dass er kaum noch zuhause war und ich den Tag nach der Schule oft bei Omi verbrachte oder bei Suse im Kaffeemühlenhaus, bis Mum von der Arbeit kam und mich abholte.

Mum hatte begonnen, als Serviererin zu arbeiten. Ihr Dienst ging von 10:30 bis 15 Uhr. Das brachte nicht viel ein, aber sie war bei den Gästen beliebt und die Trinkgelder stockten den geringen Lohn auf. Das war auch dringend nötig, denn Paps bekam immer mehr Probleme auf der Arbeit und sein Vorgesetzter sprach mit Mum.

»Wir schätzen Ihren Mann sehr, aber so geht es nicht weiter.« Paps trank nun auch im Dienst.

Mum sprach mit Paps.

Paps sprach mit Onkel Didi.

Onkel Didi sprach mit Mum.

Paps schrieb mir bunte Karten aus der Entzugsklinik. Wenn ich sie langsam hin und her drehte, dann veränderte sich das Motiv. Zauberei.

Einmal kam eine Karte, da steckte ein entzückender kleiner Hund zwischen zwei Brötchenhälften. „Hot Dog" stand über dem Bild. Ich war entsetzt, liebte ich doch Tiere und besonders Hunde zu sehr, um das Bild lustig zu finden. Ich war entrüstet und sagte das Paps auch.

Später schickte er mir diese eine, so besondere Karte, darauf weiße Wildpferde in rauer Natur. Ich habe diese Karte heute noch und hüte sie wie einen Schatz.

Nach einigen Wochen in der Klinik war Paps dann wieder da. Er brachte selbstgetöpferte Aschenbecher mit und sah erholt aus.

Vielleicht würde 1980 doch besser werden, als es begann?

***

Ich war früh am Morgen unter Mums Decke geschlüpft. »Wie viel Uhr?«, fragte ich sie aufgeregt. Mum griff zum Radiowecker. Er zeigte fünf Uhr an.

»Es ist zu früh, du bist ja noch gar nicht geboren.«

Mum nahm mich in den Arm: »Wir schlafen noch ein bisschen.«

Um sieben Uhr weckte sie mich. »Happy Birthday to you. Happy Birthday to you. Happy Birthday mein Mausematz. Happy Birthday to you!«

Ich wartete im Flur und sah durch das geriffelte Glas der Wohnzimmertür, wie meine Mutter die Kerzen anzündete. Dann rief sie mich herein. Ich öffnete langsam die Tür und genoss das Gefühl zuckersüßer Aufregung. Ganz in Ruhe bewunderte ich meinen Geburtstagstisch und den „kalten Hund", einen Schoko-Keks-Kuchen, dekoriert mit Smarties und bunten Kerzen.

Zum Auspacken der Geschenke ließ ich mir viel Zeit. Ich nahm mir ein Beispiel an Omi, löste jeden Klebestreifen einzeln, rollte das Geschenkband auf und legte das Geschenkpapier gefaltet zur Seite. Omi tat das aus Gründen der Wiederverwertung. Ich dagegen versuchte, die Vorfreude auf jedes Geschenk so lange wie möglich hinauszuzögern.

Ich liebte Pferde und so bekam ich Bücher mit Pferdegeschichten, Briefpapier mit Pferdemotiven und einen Bildband über Pferde, »der ist von Paps und Onkel Didi«, sagte meine Mutter.

Ich war es gewohnt, dass Paps morgens nicht mehr bei uns war und wunderte mich nicht. Die Vorfreude auf diesen Tag verdrängte das Vermissen.

In der Schule verteilte ich N*küsse und wusste damals noch nicht, dass es besser Schokoküsse hätte heißen sollen.

Omi holte mich ab und wir gingen direkt zu uns nach Hause. Wir deckten den Tisch mit einer bunten Papiertischdecke, Papptellern und stellten Brause und Kuchen dazu. Es gab Berliner mit Marmeladenfüllung und den „kalten Hund", der sogar ein bisschen nach Kaffee schmeckte. Mum würde heute etwas früher vom Dienst kommen und meine Freundinnen, wir würden zu sechst sein, erwartete ich um 15 Uhr.

Ich freute mich auf den Nachmittag, auf „Mord im Dunkeln" und „Disko spielen". Tatsächlich hatte ich auch die heiß ersehnte Lichtorgel bekommen und eine Platte mit Hits aus den Charts. Ich liebte die Band OMD und Blondie mit „Heart of Glas". Wir würden mein Rollo runterziehen und zu den Hits tanzen. Und so groß ich mich mit meinen zehn Jahren auch schon fühlte, Topfschlagen und das „Schokoladen-Spiel" waren nicht verhandelbar.

Das „Schokoladen-Spiel" gehörte zu unseren Geburtstagstraditionen und das bezog auch die Geburtstage der Erwachsenen mit ein.

Eine Tafel Schokolade wurde hierzu in mehrere Schichten Zeitungspapier verpackt und mit Paketband gut verknotet. Wer eine Sechs würfelte, der durfte versuchen, das Päckchen mit Messer und Gabel zu öffnen, bis eine andere Person eine Sechs würfelte und man das Besteck weitergeben musste. Erschwert wurde das Ganze durch das Tragen von Handschuhen, Schal und Mütze.

Omi liebte dieses Spiel besonders. Wenn sie eine Sechs würfelte, sich blitzschnell Mütze und Schal anzog, in die Handschuhe schlüpfte, dann mussten wir anderen um unseren Anteil an der Tafel bangen. War die Schokolade erstmal mit Messer und Gabel aus ihrer Verpackung befreit, dann hielt Omi nichts mehr und sie futterte begeistert drauf los. Wir anderen würfelten wie wild weiter und hofften, sie abzulösen, ehe der letzte Krümel von ihr genussvoll verspeist worden war.

Meine Mutter überraschte mich und meine Gäste jedes Jahr mit kleinen Preisen zu den Spielen und grade, als wir mit roten Wangen Topfschlagen spielten, aufgeregt Hinweise schrien: »Warm, wärmer... nein, jetzt wieder kalt, ganz kalt... Au, mein Fuß... «, da wurde die Haustür aufgeschlossen und Paps stand mit einem kleinen Blumenstrauß im Flur.

Ich hatte ihn tagelang nicht gesehen und auch heute nicht wirklich mit ihm gerechnet. Ich hatte angenommen, er wäre bei Onkel Didi.

Strahlend umarmte ich ihn und er überreichte mir mit großer Geste die Blumen. Ich zog ihn ins Wohnzimmer und zeigte ihm meinen Geburtstagstisch.

Paps wirkte unruhig, die honigfarbene Lederjacke zog er gar nicht aus. Er lächelte mich unsicher an. Mum stand im Türrahmen, die Arme verschränkt und schüttelte nur fassungslos den Kopf.

»Nicht heute!«

Paps setzte sich auf den Rand des grünkarierten Sessels und zog mich zu sich heran.

»Rübe, ich wohne jetzt am Lister Platz, direkt neben der neuen großen Eisdiele. Da haben wir es nah zum Eisessen, wenn du mich besuchst.«

Ein unfassbar dicker Kloß machte sich in meinem Hals breit. Ich versuchte, die aufsteigenden Tränen

herunterzuschlucken, doch da saß der Kloß wie die fette
Kröte im Brunnen des Zauberers Zwackelmann in der
Geschichte des Räubers Hotzenplotz.

Da saß sie und nahm mir die Luft und ließ mich spüren,
dass heute etwas unwiederbringlich endete.

Ich konnte das »Paps bitte, NEIN!« nur flüstern.

Mein Vater ging ins Schlafzimmer und verließ die
Wohnung mit dem größten unserer drei Koffer.

Paps zog an meinem zehnten Geburtstag aus.

SOS

Als Paps auszog, da zerbrach unsere kleine Einheit, da zersprang die dünne Schale um uns, die für uns alle Geborgenheit und vor allem für Paps Sicherheit bedeutet hatte. Endgültig.

Aber Paps konnte nicht anders. Es wurde ihm zu eng. Er wollte sich zeigen, er wollte so viel mehr vom Leben kosten.

Seine Wohnung am Lister Platz war winzig. Ein Zimmer, Kochnische, Duschbad.

»Aber die Lage ist fantastisch!«, schwärmte Paps.

***

Ich war aufgeregt. Seit Wochen hatte ich darauf gewartet, ihn besuchen zu dürfen. Immer sagte er im letzten Moment ab. Heute war es so weit und ich würde sogar bei Paps übernachten.

Er hatte sich komplett neu eingerichtet, Mum und mich mit den folienverkleideten Möbeln zurückgelassen.

Verkleidungen passten nicht in sein neues Leben.

Die neuen Möbel waren aus hellem Holz und leichtem Rattan. Kein riesiges, grünkariertes Sofa, keine Zinnteller an der Wand, kein schwerer Marmortisch. Alles war hell und leicht, an der Wand hingen gerahmte Zeichnungen von

Blumen. Der Wohnraum war L-förmig. Ein Paravent trennte den Wohnbereich von der Ecke, in der ein französisches Bett stand.

»Wir gehen erstmal bummeln.«

Paps lächelte.

»Und nachher kannst du basteln. Ich hab dir da was besorgt.« Er zeigte auf einen Karton mit Bügelperlen, der schon auf dem Couchtisch bereit lag.

***

„Daddy, Daddy Cool... "

Wir bummelten, Hand in Hand, über die Lister Meile und sangen. Stolz schwenkte ich eine kleine Plastiktüte mit metallicblauen Ballerinas, die Paps mir spendiert hatte.

Wir kauften uns ein Stück Pizza auf die Hand. Salzige, feste Salamischeiben, Champignons und Paprikastreifen aus der Dose, der Rand immer etwas verbrannt. Nie wieder würde mir Pizza besser schmecken. Ich war glücklich.

»Rainer?« Der Mann trug einen schicken, hellen Anzug und einen Hut mit breiter Krempe. Er hatte einen Schnauzbart wie Onkel Didi und kam lächelnd auf uns zu. Paps seufzte kaum merklich und nahm mich ein wenig fester bei der Hand.

»Lange nicht gesehen. Gut siehst du aus.« Der Mann musterte Paps von oben bis unten und strich ihm über den Arm.

»Hallo, Carlo. Wir haben es etwas eilig.« Paps versuchte, dem Blick und der Berührung des Mannes auszuweichen.

»Wir wollen in Paps' Wohnung und mit Bügelperlen basteln.« Ich zog Paps ein bisschen an der Hand. Der Mann war mir nicht geheuer.

Der zwinkerte mir zu. »Soso, in Paps' Wohnung. Ich wusste gar nicht, dass du eine Tochter hast, Rainer. Was hängt denn an der Kleinen noch so dran?«

»Ich hab neue Ohrringe!« versuchte ich, die Frage für Paps zu beantworten. Paps biss sich auf die Lippen und wandte sich dann an den Mann namens Carlo.

»Da hängt gar nichts dran. Wir müssen los!«

Paps zog mich weiter. »Man sieht sich!«, hörten wir Carlo noch rufen.

Wir sangen nicht mehr und Paps' Schritte wurden schneller. Ich stolperte neben ihm her und fühlte mich seltsam.

Paps' Worte hallten in mir nach. „Da hängt gar nichts dran." Das fühlte sich falsch an und in mir schlug etwas Alarm, aber ich wusste einfach nicht, was falsch war.

Gegenüber von Paps' Wohnung war ein Getränkeladen. Wir kauften Bier, Korn und eine Flasche Mezzo Mix. Das durfte ich bei Mum nur selten trinken. Paps legte noch eine Packung Erdnussflips aufs Band und mein seltsames Gefühl wich der Vorfreude auf den Abend.

***

Ich kniete vor dem Couchtisch und steckte die winzigen, bunten Perlen auf die dafür vorgesehene Platte. Ich steckte ein Herz für Paps und ein Herz für Mum.

Paps telefonierte schon seit fast einer Stunde. Er hatte sich in den Flur zurückgezogen.

Mittlerweile war es draußen dunkel geworden, unten auf der Straße begann das hannöversche Nachtleben. Gruppen von jungen, lachenden Leuten zogen vorbei, Flaschen klirrten. Alles war ganz anders als zuhause in der Pelikanstraße. Dort war es schon am frühen Abend ruhig, wenn wir Kinder immer dann, wenn die Kirchturmuhr sechs Mal schlug, zuhause sein mussten und die Familien Abendbrot aßen.

»Vielleicht später, wenn sie schläft. Ich melde mich nachher nochmal.« Paps kam ins Zimmer zurück, wickelte das Kabel des Telefons auf und beendete sein Gespräch.

Er füllte die Flips in eine Schüssel und wir kuschelten uns auf sein Bett. Der Fernseher stand am Fußende auf einer niedrigen Kommode.

»Paps, bleibst du die ganze Nacht bei mir?« Ich hatte den Mund voller Flips.

Paps legte den Arm um mich. »Aber klar bin ich hier! Wir gucken jetzt Fernsehen, bis wir einschlafen.«

Paps schlief lange vor mir, sein Atem roch nach Alkohol, seine Haut nach Irish Moos.

Ich schaute einen Film im Spätprogramm: Ein Kreuzfahrtschiff war gekentert, der Rumpf lag nun auf dem Wasser. „SOS-Poseidon" hieß der Film.

Alles war plötzlich falsch herum, alle Räume standen auf dem Kopf. Atemlos verfolgte ich den Überlebenskampf der Passagiere, die versuchten nach oben zum Rumpf, über Wasser zu gelangen, während ich selbst gegen die Müdigkeit, gegen das Einschlafen ankämpfte.

Ich saß still an Paps gekuschelt, rührte mich kaum, um ihn nicht zu wecken.

Paps sollte bei mir bleiben.

***

SOS.

Wir waren in Not, jeder von uns dreien kämpfte den jeweils eigenen Kampf ums Überleben.

Mum arbeitete mehr denn je, um uns über Wasser zu halten. Paps hatte seinen Arbeitsplatz verloren und zahlte keinen Unterhalt, was Mum still hinnahm.

Ich vermisste Paps, ich vermisste Onkel Didi und hatte zudem erfahren, dass Suse mit ihrer Familie noch diesen Sommer nach Kanada auswandern würde.

Mein Herz tat so weh.

182

Wir alle waren im Überlebensmodus.

Paps verlor mehr und mehr den Halt und einige Jahre später das Leben.

Diesmal waren wir nicht da, um ihn rechtzeitig zu finden.

SO und nicht anders

An meinem zehnten Geburtstag bereiteten mir Mum, Paps und Onkel Didi eine wundervolle, riesige Überraschung.

Tobi war, klein, schwarz-weiß gefleckt mit braunen Schlappohren.

Als Paps die Tür zum Flur geöffnet hatte, kam der kleine Mischling aufgeregt fiepend in unser Wohnzimmer getapst. Ich war sprachlos und erstarrte für einen Moment. Da stand ein entzückender, kleiner Hund in unserem Wohnzimmer. Ein Hund. IN ECHT!

»Du weißt, dass wir hier in der Wohnung keine Hunde halten dürfen.« Paps sah mich streng an und schon schossen mir Tränen in die Augen.

»ABER... « Mum rettete mich vor dem Zusammenbruch. »Aber im neuen Haus schon!«

Im neuen Haus? Der Groschen fiel nur pfennigweise und ich brauchte einen Moment, um das Gehörte und Tobis Anwesenheit zu begreifen.

Es hatte geklappt. Mum, Paps und Onkel Didi hatten Monate lang geplant, gerechnet, verhandelt, verworfen und lange Zeit war ihre Idee nicht umsetzbar erschienen.

»Wir haben ein Haus am Stadtrand gekauft. Da gibt es zwei schöne Wohnungen und einen großen Garten und keine Bröckelfrau!«

Ich sprang auf und jubelte. Tobi flitzte bellend durch das Zimmer. Mum, Paps und Onkel Didi strahlten.

Ich hatte es doch gewusst, die Achtziger würden herrlich werden.

SO hätte es sein sollen. SO und nicht ganz anders.

Mum, Paps und Onkel Didi hatten tatsächlich oft davon gesprochen, dass ein gemeinsames Haus wunderbar wäre. Sie hatten zusammengesessen, die Köpfe über Dokumenten, Zeichnungen und Plänen zusammengesteckt. Onkel Didi war Architekt, er hatte so viele Ideen.

Alles, was von diesen Plänen blieb, war dieser Traum.

Paps kam nicht zurück.

***

Lieber Paps,
ganz ehrlich? Du hast es verbockt.

Das mache ich dir nicht zum Vorwurf und schon gar nicht bin ich dir böse, dazu verstehe ich dich viel zu gut.

Na gut, wenn ich ehrlich bin, manchmal bin ich stinksauer, aber viel öfter einfach nur traurig.

Wenn jemand die Macht hatte, alles zum Guten zu führen, dann du. Oder irgendwie auch nicht, denn wir haben es ja niemals allein in der Hand, das Leben. Aber du hattest das bestmögliche Team um dich und vielleicht...

Manchmal verliere ich mich in diesem ganzen „Was wäre gewesen, wenn" und das ist gefährlich.

In das Gestern hineinfühlen, um das Heute zu verstehen und zu leben. Das richtige Maß davon ist gar nicht so leicht zu finden.

Wir sind so stark verwoben mit unserer Herkunft, den Erfahrungen vorrangegangener Generationen. Manche versuchen wir zu verleugnen, andere lassen wir vielleicht zu dicht an uns heran.

Wir sind verwoben mit Menschen, Erfahrungen und versuchen dabei irgendwie unser eigenes Muster zu gestalten.

Ich glaube, dass manche Lebensfäden einfach kürzer sind als andere und in dieser Kürze muss das Leben intensiver gelebt werden, musstest du, Paps, dein Leben intensiver leben.

Ich habe damals mehr mitbekommen, als du wusstest. Erlebnisse, die ich erst später verarbeiten konnte. Ich weiß, du wolltest das nicht, aber dir blieben wohl zu wenig Zeit und Energie für den Blick auf andere, den Blick auf mich.

Das erinnert mich an den Splitter der Schneekönigin in Kais Herz. Der Blick auf die anderen, der bedeutet auch, ihren Blicken standzuhalten. Das braucht Mut. Man muss sich selbst aushalten können. Ich kann verstehen, dass das damals nicht in deiner Macht lag. Ich ringe selbst manchmal darum.

Deinen Lebenshunger, den durfte ich miterleben und den hast du mir mitgegeben.

Manchmal bin ich selbst atemlos vor Sorge, dass für all das Schöne, all das Spannende, das ich noch erleben möchte, zu wenig Zeit bleibt. Es gab eine Lebensphase, da war ich sicher, ich würde jung sterben, jünger noch als du. Jetzt bin ich zehn Jahre älter, als du geworden bist und seltsam beruhigt. Jetzt kann ich alt werden.

Deinen Wunsch, dich zu zeigen, dich auszudrücken, den teile ich auch. Und gleichzeitig die große Angst vor den Reaktionen der anderen. Diese Zerrissenheit spüre ich fast körperlich. Auch dieses Stück von dir bleibt, wie so vieles.

Es bleibt auch dein Sinn für Schönes, deine Kreativität und Lust auf Abenteuer. Wobei wir letzteres vielleicht unterschiedlich definieren würden. Wenn ich gestalte, male, schreibe, dann leben diese Stücke von dir weiter. Wenn ich singe und tanze, dann singst und tanzt du mit mir.

Paps, du bleibst.

Das Erbe

Ich sitze in einem, mit dunklem Holz, getäfelten Raum. Vor mir ein massiger Schreibtisch, über den ich fast nicht hinwegschauen kann. Mein Stuhl ist zu niedrig oder aber, ich bin zu klein. Hinter dem Tisch thront ein alter Mann mit weißem Haar und runder Brille, über deren Gläser er mich streng anblickt.

»Ich frage Sie nochmals. Nehmen Sie das Erbe an?«

Ich fühle mich so klein, so hilflos und weiß nicht, was ich ihm antworten soll. Plötzlich merke ich, wie sich eine große, warme Hand um meine kalten Finger schließt. Ich fühle mich beschützt und will die Person, die da neben mir sitzt, anlächeln...

...da wache ich auf.

Verdammt, ich hätte so gern weiter geträumt, denn ich weiß sicher, wer da neben mir saß und mir beistand.

Ich würde so gern öfter von dir träumen. Auch jetzt noch, in der Mitte meines Lebens. Oder grade jetzt. Ich will gegen das Vergessen anträumen.

Noch ganz benommen, stehe ich leise auf, um meinen Mann neben mir nicht zu wecken. An Schlaf ist jetzt nicht mehr zu denken. Ich öffne das Fenster und schaue in den morgendämmernden Garten. Alles liegt wie im Nebel. Mein Kopf fühlt sich ähnlich an.

Plötzlich beginnt eine Feldlerche zu singen. Ich weiß das, weil ich irgendwo mal gelesen habe, welcher Vogel schon vor Sonnenaufgang zu singen beginnt. Ich weiß auch, dass in ungefähr 20 Minuten das Rotkehlen in das Konzert einstimmen wird, gefolgt von der Amsel.

Der Gesang tröstet mich über das plötzliche Erwachen hinweg. Ich gehe nach unten in die Küche, während mein Mann weiterschläft. Er kennt das schon, dass ich nach Möglichkeit frühmorgens um fünf Uhr das Fenster aufreiße, um das Vogelkonzert nicht zu verpassen.

In der Küche ist es noch kühl. Meine Füße tappen über den kalten Terrazzo. Dieser Boden war einer der Gründe, dieses Haus zu kaufen und die alte Holztreppe nach oben, die ich tatsächlich regelmäßig mit Bohnerwachs behandele und mich daran nicht sattriechen kann.

Auch hier mache ich, trotz der Kühle, sofort die Terrassentür auf, um keinen Ton da draußen zu verpassen. Mit einem ersten Kaffee setzte ich mich an den Küchentisch.

»Nehmen Sie das Erbe an?«

Die Stimme aus dem Traum hallt in meinem Kopf wider und lässt sich nicht abstellen.

Ich weiß ganz genau, warum diese Frage in meinem Traum auftaucht. Sie wurde mir in den letzten Monaten oft gestellt. Nicht von einem strengen Notar, dafür aber nicht weniger eindringlich.

Frau Rat ist das genaue Gegenteil eines alten Notars. Sie ist vielleicht Mitte Vierzig, ausgesprochen zugewandt und freundlich. Ihr Name ist Programm, auch, wenn sie das Rat geben eher vermeidet. Ich soll schon selbst auf meine Baustellen kommen.

Frau Rat ist meine Psychologin.

»Nehmen Sie das Erbe Ihrer Kindheit an? Was möchten Sie auf Ihren weiteren Lebensweg mitnehmen, welches Erbe lehnen Sie ab?«

Moment, ich darf etwas ablehnen? Ich muss nicht zwangsweise das Gepäck vorangegangener Generationen mit mir herumschleppen? Darf mir sogar einfach das Beste davon herauspicken?

Was für ein grandioser und mir gänzlich neuer Gedanke!

Nach Hause

Mein Herz schlägt mir bis zum Hals. Wir fahren stadteinwärts die Podbielskistraße entlang, meine Tochter sitzt am Steuer.

Ich halte Ausschau nach Orten meiner Kindheit, die sich in meiner Erinnerung wie Perlen auf einer Kette vor mir aufreihen. Wir fahren langsam, auf der rechten Fahrspur, so, als suchten wir einen Parkplatz. Und ich bin ja tatsächlich auf der Suche.

Hier, auf dieser Höhe der Straße, hat das Schreibwarengeschäft gelegen, in dem es die duftenden Radiergummis gab. Sie rochen nach Erdbeere, Vanille oder sogar Cola, zumindest so ähnlich.

Nur zwei Geschäfte weiter lag das kleine Fischgeschäft, das die Familie meiner Klassenkameradin Bea führte. Da roch es ständig nach Bratfisch und Bea trug diesen Geruch bis in unseren Klassenraum mit sich.

Gegenüber dem langen Verkaufstresen stand ein Aquarium, in dem Hummer auf Kundschaft warteten. Ihre Scheren waren mit starken Gummibändern fixiert. Ihre schwarzen Knopfaugen waren dauernd in Bewegung. Ich versuchte immer, diesen Blicken auszuweichen, ich konnte sie nicht ertragen.

Auf gleicher Höhe, aber auf der anderen Straßenseite, sehe ich wieder den Hapag-Grill vor mir und kann sie fast riechen, die halben Hähnchen und Pommes aus der ranzigen Fritteuse.

Paps liebte die Hähnchen und so war der Besuch dieses Imbisses ein festes Ritual nach dem freitäglichen Schwimmen. Wir saßen immer ganz hinten in dem kleinen Gastraum, an einem massiven Holztisch im alpenländischen Stil. Ich bekam Waldmeister- oder Himbeerlimonade. Wir aßen von rotweißem Geschirr mit asiatisch anmutenden Landschaftsdekor und reinigten unsere fettigen Finger mit zitronigen Erfrischungstüchern.

Nur zwei Querstraßen weiter hat Omi gewohnt. Auf der exklusiven Seite der Podbi, zur Eilenriede, mit dem Abenteuerspielpatz und dem Rodelberg mit dem Todeshügel, den ich mich nur mit Paps hinunterzufahren traute.

Mein Blick wandert wieder auf unsere Seite der Fahrbahn. An dieser Ecke gab es ein Fahrradgeschäft. Mum und Paps kauften hier mein erstes Fahrrad, mit Stützrädern. Im Geschäft roch es nach Gummireifen und Schmieröl.

Ein Stück weiter lag der Coop, in dem Tante Erika, eine Schwester meines Vaters, arbeitete. Tante Erika, die schon früh Witwe wurde, da ihr Mann an Lungenkrebs starb, wohnte mit ihrer Tochter ganz in unserer Nähe. Obwohl wir fast gleichaltrig waren, beachtete mich meine Cousine nur, wenn sich keine anderen Spielpartnerinnen finden ließen.

Wir fahren langsam weiter. Ich hätte nicht gedacht, dass mich dieses kurze Stück Fahrt schon so gnadenlos in meine Kindheit katapultieren würde. Ich beginne zu ahnen, was mich ein paar hundert Meter weiter, in der Pelikanstraße, emotional erwartet.

Aber noch sind wir auf der Podbi und auf Höhe des ehemaligen Chinesen, in dem meine Einschulung und viele Geburtstage gefeiert wurden. Wieder ein Geruch. Diesmal erinnere ich den fettig-süßen Duft von gebackener Banane.

Auf die Intensität dieser Erinnerungen bin ich nicht vorbereitet und muss meine Tochter bitten, kurz anzuhalten. Diese Reise in die Vergangenheit war nicht geplant. Wir waren in der Nähe, wir hatten Zeit und plötzlich war sie da, die Idee, ihr ein paar Orte meiner Kindheit zu zeigen. Nur mal eben, nur mal kurz, mit Volldampf in den emotionalen Ausnahmezustand.

Wir tauschen unbewusst die Rollen. Ich werde wieder klein und meine Tochter nimmt mich an die Hand. Sie passt gut auf mich auf.

»Geht′s wieder?«

Ich nicke und versuche, das komische Gefühl in meinem Hals zu ignorieren.

An der Haltestelle Pelikanstraße biegen wir rechts ab. Die Tränen finden sofort ihren Weg.

»Mami, das ist okay!«

Hier bin ich Mum so oft entgegengegangen, wenn sie mit der Straßenbahn vom Dienst nach Hause kam.

An dieser Haltestelle hat mir ein Jugendlicher, weil ich ihn, wie er sagte, blöd anguckt hätte, eine so heftige Ohrfeige verpasst, dass ich danach mit einer Gehirnerschütterung das Bett hüten musste.

Hier haben mich Mum und Paps zwischen sich genommen und mit mir „Engelchen flieg'" gespielt, um mich von meinen kurzen, müden Beinen abzulenken.

Schon von Weitem sehe ich die roten Dächer der Mehrfamilienhäuser, die kleinen Vorgärten mit den halbhohen Mauern um die Mülltonnen, auf deren Deckeln wir Kinder wie auf Pferden ritten, bis uns Frau Bröckelmann vertrieb.

Auf dieser Straße sangen Mum, Omi und ich:

»Ein Hut, ein Stock, ein Regenschirm und Vorwärts, Rückwärts, Seitwärts, Ran.«

Hier kämpften Mum, Paps und ich uns durch hohen Schnee, um den Zug zu Opa-Jena zu erreichen.

Diese Straße führt nach Hause.

Riesin

Mein Wachsen, das „in mich selbst hineinwachsen" hat, das weiß ich jetzt, erst vor wenigen Jahren begonnen. Ich bin Anfang Fünfzig.

»Schatz, du bist wohl eher Mitte Fünfzig«, sagt mein Mann. »Ach, sei doch ruhig. DU bist fast Sechzig.«

Gut, ich bin Mitte Fünfzig und habe das Gefühl, dass ich erst jetzt, in der zweiten Hälfte meines hoffentlich 104jährigen Lebens, in meine Haut passe. Langsam hört sie auf zu kneifen, zu drücken oder unbequeme Falten zu werfen. Witzig, dass ich mich grade jetzt innerlich so „in Shape" fühle, wo die äußerlichen Falten und Verwerfungen mehr werden.

Ich bin endlich in mich hineingewachsen und stark genug, um die Blicke und Wertungen der anderen zu ertragen. Kommt es mir nur so vor oder werden diese Blicke sanfter, wohlwollender oder ist es mein eigener Blick?

Ich kenne jetzt meine Baustellen. Die, bei denen es sich lohnt, weiter Stein auf Stein zu setzen, daran zu arbeiten und die, bei denen mich ein großes VORSICHT-Schild vor dem Betreten warnt. UND ich kenne meine Kraftquellen, die mir helfen aufzutanken, die mich mit Mut und Zuversicht versorgen.

Es gibt diese seltsamen Begriffe wie zum Beispiel Altersstarrsinn oder Altersweisheit. Mit sechzig zählt man zu den jungen Alten, lese ich im www. Ich habe also noch viel Zeit und kann mit meiner „jugendlichen Naivität“ über das Alter philosophieren. Will ich aber nicht. Ich will ja gar nicht altern. Können wir es nicht einfach generell Wachsen nennen?

Ich will wachsen, bis zum Schluss. Vielleicht werde ich irgendwann eine Riesin sein. Wie das Riesenfräulein in der Ballade vom „Riesenspielzeug“ möchte ich meine Schätze vor mir auf dem Tisch ausbreiten und sehen, was da alles so kreucht und fleucht, in meinem Leben.

Als kleines Mädchen liebte ich „Das Riesenspielzeug“, eine Ballade von Adelbert von Chamisso. Sie war eines der Gedichte und Geschichten aus dem dicken Märchen- und Sagenbuch, das meinen Großeltern gehörte und das über viele Jahre durch die Hände der großen Enkelschar wanderte. Irgendwann landete es bei mir und ich gab es nicht wieder her. Bis heute.

Die Ballade vom Riesenspielzeug konnte ich auswendig, schon lange vor meiner Einschulung. Ich liebte es, wenn Paps und Mum sie mir gemeinsam vorlasen. Paps sprach den Riesenvater so lebensecht, dass es mir wohlige Schauer über den Rücken jagte.

In dieser Ballade geht das Riesenfräulein ins Tal herunter und betrachtet alles „was dort kreucht und fleucht“ als ihr Spielzeug. Sie nimmt einen Bauern samt

Pflug und Pferden mit auf die Burg der Riesen und breitet „ihre Schätze" begeistert vor ihrem Vater aus. Der ist entrüstet und schimpft „Der Bauer ist kein Spielding!".

Jetzt mit einer Haut, die mir endlich passt, kann ich meine Schätze vor mir ausbreiten und schauen, wie alles zusammengehört. Keine Sorge Riesenvater! Ich nehme nur, was wirklich zu mir gehört. Ich wähle klug. Jedenfalls versuche ich das.

Die Wölfe dürfen bleiben. Obwohl sie mir als Kind so große Angst gemacht haben. Einer der Wölfe, die mich in meinen Träumen als Kind fast gefressen hätten, meine Wölfin, eine wunderschöne, schwarze Hündin, lebt jetzt bei mir.

Vielleicht wollten mich die Wölfe meiner Kindheit auch gar nicht fressen? Vielleicht wollten sie mich warnen, beschützen? Ich versuche einen anderen Blickwinkel.

Heute, wenn ich „meine Wölfin" ansehe, kann ich mein Glück gar nicht fassen und lasse zu, dass sie mich beschützt.

Jetzt bin ich bereit für ein neues Abenteuer. Ich möchte die Kaninchen aus dem Heizungskeller heraufholen und ihre Geschichte teilen. Das haben sie verdient.

Aber zuerst muss ich Mum von diesem Plan erzählen.

Dazu brauche ich Mut.

Der Knoten

Wir sitzen an einem unserer Lieblingsplätze, im Café am Park. Es ist erst Anfang April, trotzdem hat die Sonne eine solche Kraft, dass wir es wagen, unseren Kaffee draußen zu trinken. Ich wähle einen Tisch mit Abstand zu den anderen Gästen, denn ich habe vor, meiner Mutter etwas mir sehr Wichtiges zu sagen.

Trotz der Sonne ist mir eiskalt. Mum fragt mich, was ich trinken möchte. Hier draußen ist Selbstbedienung. Plötzlich ist mir nicht mehr nach Kaffee. Mein Herz schlägt ohnehin schon bis zum Hals. Ich brauche etwas gegen die Angst, etwas für die Seele. Bei Harry Potter hilft Schokolade nach den Angriffen der Dementoren, einer Art böser Geister.

»Bringst du mir bitte eine Tasse heiße Schokolade mit?«

Mum ist jetzt Mitte 70 und sieht mindestens zehn Jahre jünger aus. Das ist so ein Erbe unserer Familie, das ich gern annehmen würde.

Sie geht dreimal die Woche zum Sport. Montags zur Callenetics-Gruppe, mittwochs zum Schwimmen, freitags zum Kurs für Bauch, Beine und Po. Und sie arbeitet immer noch. In einem kleinen Café, im Service.

»Die Leute denken bestimmt, was arbeitet denn die alte Schachtel noch«, kommentiert Mum des Öfteren ihren Job.

Das ist eindeutig „fishing for compliments". Niemand denkt so über sie. Sie braucht den Job. Nicht nur, dass die kleine Rente kaum ausreicht, sie braucht ihn auch für die Seele. Sie liebt den Kontakt zu den Gästen und Mum definiert sich über ihre Arbeit. Das tut sie, seit ich mich erinnern kann.

Voller Elan, fast jugendlich, geht sie über den Kiesweg zu dem kleinen Pavillon, an dem man die Getränke bestellen kann. Mum leuchtet. Sie trägt einen Hosenanzug in ihrer liebsten Farbe, in Orange, warm und sonnig. Sie lacht und flirtet ein bisschen mit dem jungen Mann hinter dem Tresen. Er wird ein Trinkgeld bekommen, auch, wenn er uns die Getränke gar nicht serviert.

Ich vergewissere mich, dass ich den Beutel mit der Mappe, die mir so viel bedeutet, auch wirklich bei mir habe. Ich hole tief Atem und versuche meinen Puls runterzufahren.

Heute erzähle ich ihr von diesem Buch.

Heute Morgen habe ich das Manuskript zum ersten Mal ausgedruckt. Die Worte außerhalb des Bildschirms zu sehen, war merkwürdig. Es war ein erster, kleiner Schritt raus in die Welt. Ein schwer zu beschreibendes Gefühl.

Ich habe ihr die Kapitel mit den Briefen nach oben in die Mappe gelegt. Zeitungen liest Mum immer von hinten nach vorne. Wenn sie die Briefe zuerst liest, dann wird sie alles verstehen. Ich spreche mir selbst Mut zu.

Sie kommt mit einem kleinen Tablett an unseren Tisch zurück.

»Mit Zimt auf der Sahne«, sagt sie und lächelt mich liebevoll an.

Ich bin süchtig nach Zimt, überhaupt nach allen weihnachtlichen Gewürzen und natürlich nach Muskat, wegen der berüchtigten Buttersauce, die in unserer Familie so eine wichtige Rolle spielt.

Prompt verliere ich wieder ein Stück Mut. Wie wird sie es aufnehmen, dass ich unsere Geschichte mit wildfremden Menschen teilen möchte?

Sie hält ihr Gesicht in die Sonne, sie liebt die Sonne und lächelt. Ich will einfach, dass dieses Lächeln für mich bleibt. Wer auch immer dafür zuständig ist, mach´, dass es bleibt.

Wir reden über Gott und die Welt, die Familie, die Nachbarn und die Gesundheit. Ich habe da einige Baustellen und sie erkundigt sich intensiv danach. Aber darüber kann ich nichts sagen, das ist grade alles so weit weg.

»Mum«, ich beginne zögernd.

»Mum. Ich bin furchtbar aufgeregt. Seit Wochen möchte ich dir etwas erzählen. Nein, nein, es ist nichts Schlimmes.«

Ich kenne sie, da ist sofort dieser Schatten in ihrem Blick, sie macht sich so schnell Sorgen. Ich versuche ein Lächeln, obwohl mir vor Aufregung eher zum Heulen ist.

»Alles ist gut, alle sind gesund. Ich habe nur in den letzten Monaten an etwas gearbeitet, das mich schon sehr lange beschäftigt.«

Mum schaut mich aufmerksam an. So wach, so lebendig. Ich schlucke, versuche den Kloß aus dem Hals zu kriegen.

„Jetzt mal Butter bei die Fische!", würde mein Mann, er kommt aus Bremen, jetzt sagen. Jaaa doch!

»Ich hab ein Buch über uns geschrieben... Über dich und Paps, Onkel Didi und mich.«

Jetzt ist es raus.

Mum schaut mich einfach nur an. Ich kann diesen Blick nur schwer deuten. Sie greift zu ihrer schon lange leeren Kaffeetasse, als ob sie sich dringend an etwas festhalten müsste. Mum, denke ich. Es tut mir leid...

Sie atmet tief ein. »Erinnerst du dich, als wir beide mal einen Volkshochschulkurs besucht haben? Was war das noch gleich? Englisch? Na egal. Als wir uns zu Beginn vorstellen sollten?«

Mum holt da eine ganz alte Erinnerung hervor. Eine, die ich gern vergessen hätte.

»Du hast damals gesagt, du bist Kinderbuchautorin.«

Mum lächelt. Ja, daran erinnere ich mich noch sehr gut. Leider. Mum legt den Finger weiter in die Wunde.

»Du hast das so glaubhaft rübergebracht: „Ich bin Kinderbuchautorin!“ Das hat damals sicher niemand in Frage gestellt.«

Mir wird etwas flau bei diesem Ausflug in die Vergangenheit, denn ich weiß noch, dass ich bei allen weiteren Kursterminen Sorge hatte, dass mich jemand fragt, was ich denn schon veröffentlicht hätte. Geschichten für Kinder hatte ich damals schon eine Menge geschrieben, nur nicht veröffentlicht. Ich war erst sechzehn und meiner Mutter damals unglaublich dankbar, dass sie weder im Kurs noch zuhause meinen „Größenwahn“ kommentierte. Auf ihre eigene, stille Art hatte sie zu mir gehalten.

»Du warst immer schon sehr überzeugend, so wie dein Vater.« Mum ist jetzt ziemlich ernst und wirkt gedankenverloren. Sie schweigt.

Ich halte das kaum aus.

Plötzlich sprudelt es aus mir heraus. Ich muss es ihr erklären, jetzt alles das sagen, was ich mir seit Wochen für diesen Tag zurechtgelegt habe, was ich mir selbst zuhause vorgesagt habe. Immer wieder.

Wie lange mich diese Idee nun schon beschäftigt, warum es mir so wichtig ist, und dass ich ihren Segen brauche.

Ich erzähle ihr, welche unserer Geschichten ich erinnert und aufgeschrieben habe, beschreibe, was sie mir bedeuten. Ich erzähle ihr, dass ich stolz auf unsere Familie bin und dass ich Paps und Omi so sehr vermisse.

»Siehst du«, sagt sie und ich merke, es fällt ihr schwer, nicht zu weinen. »Du bist einfach sehr überzeugend. Ich möchte sehr gern lesen, was du geschrieben hast, aber ich muss das jetzt erstmal sacken lassen.«

Wir schweigen, diesmal auf eine gute, eine verbundene Art. Wir drehen unsere Gesichter zur Sonne, genießen ihre Wärme. Jede von uns in ihren eigenen Gedanken, kommen wir zur Ruhe. Mein Herz versucht nicht mehr aus meiner Brust auszubrechen.

Nach einiger Zeit reiche ich ihr den Stoffbeutel, den ich schon den ganzen Vormittag mit Argusaugen hüte.

»Ich habe dir das Manuskript ausgedruckt. Es ist ein erster Entwurf und du kannst mir ganz ehrlich sagen, ob es für dich okay wäre, wenn ich es vielleicht irgendwann veröffentliche.«

Mum nimmt die Mappe aus dem Beutel und ich rede aufgeregt weiter. »Es geht auch um Paps Homosexualität, das Schwulsein in den 70er Jahren... «

Sie unterbricht mich leise.

»Weißt du, Paps hätte sich ja selbst nie als schwul bezeichnet. Er hat immer betont, dass er bisexuell ist. Schwul, das haben nur die anderen über ihn gesagt.«

Jetzt laufen die Tränen, auch bei mir. Ich weiß, dass es für Mum schwer zu ertragen ist, in der Öffentlichkeit zu weinen. Aber heute versteckt sie es nicht, was mich wundert und gleichzeitig so sehr freut. Da passiert grade etwas zwischen uns, etwas Wichtiges. Es scheint, als ob sich ein Knoten löst.

***

Unsere Wohnorte liegen eine einstündige Autofahrt voneinander entfernt, Mum fährt meist sogar mit dem Zug und das dauert noch wesentlich länger. Trotzdem versuchen wir uns wöchentlich zu sehen. Das ist uns beiden wichtig. Oft ist es ein Mittwoch, da hat Mum frei.

Heute ist Mittwoch. Was die Samstage früher für Paps und mich waren, das sind die Mittwoche nun Jahrzehnte später für Mum und mich.

Wir sitzen in einem kleinen Café. Mum liebt ihren Job im Service, aber ebenso liebt sie es ihre „Kollegen:innen" bei der Arbeit zu beobachten und deren Fähigkeiten zu kommentieren.

Wir reden über Gott und die Welt, die Familie, die Nachbarn, die Gesundheit und dann stelle ich eine Frage, die mich schon lange bewegt und die besonders im Schreiben unserer Geschichte immer wieder an die Oberfläche kam.

Wir haben zwar immer offen über die Zeit mit Paps gesprochen, auch über Homosexualität, aber mehr allgemein. Wer redet mit seinen Eltern schon gern über Sexualität? Meine Generation hatte Dr. Sommer in der Bravo- Zeitung und Dr. Markus im Radio.

Aber jetzt grade, habe ich das Gefühl, ich kann Mum etwas fragen, was ich mich bisher nicht traute. Noch nie. Warum eigentlich nicht? Weil diese Frage sehr persönlich ist? Aus Angst vor der Antwort?

Ich nehme allen Mut zusammen.

»Wie war das für dich, dass Paps sich zu Männern hingezogen fühlte? Wie hast du das ausgehalten?«

Meine Mutter muss nicht lange über ihre Antwort nachdenken. Ich habe nicht damit gerechnet, dass ihr die Antwort so leichtfällt.

»Dein Vater hat mir schon früh gesagt, dass er auch Männer anziehend findet und dass das nichts mit seiner Liebe zu mir zu tun hat. Wir haben uns sehr geliebt. Es waren einfach zwei völlig unterschiedliche Dinge und für mich war das so in Ordnung. Die Männer in Paps‘ Leben waren keine Konkurrenz für mich.«

Es ist schwer zu beschreiben, was diese wenigen Sätze in mir auslösen. Es ist ein bisschen so, als stünde ich im Urlaub, vor einer wunderschönen Aussicht. In mir wird es weit.

Der Knoten löst sich. Dieser kleine Hauch einer Befürchtung, meine Eltern hätten eine Alibi-Ehe geführt, löst sich endlich, endlich in Luft auf und ich atme frei.

Ich bin Teil einer großen Liebe. Was für ein Geschenk.

***

Beim nächsten Treffen sagt Mum: »Ich denke fast die ganze Zeit über dein Buch nach, aber ich konnte es noch nicht lesen, dazu brauche ich Kraft. Ich werde es, ganz bald, das verspreche ich dir.«

»Lass dir Zeit!«

Von mir aus spreche ich das Thema nicht weiter an, obwohl ich ihre Meinung, ihren Segen so sehr herbeisehne. Für mich gibt es kaum noch ein anderes Thema. Mein Mann und unsere Tochter erhalten im Dienst und in der Uni täglich immer ähnliche Textnachrichten von mir:

»Ich hab immer noch nichts von ihr gehört. Ob sie es gelesen hat? Sie hat es bestimmt gelesen und meldet sich deshalb nicht... «

Eine weitere Frage beschäftigt mich: Wie würde ich mich fühlen, wenn meine Tochter über die Familie und sogar über die Beziehung ihrer Eltern schreiben würde?

Wenn sie das, was sie bewegt, ihr Erleben, unsere Geschichte mit anderen Menschen teilen möchte?

Warum ist mir das so wichtig, dieses Teilen?

Ich weiß, ich will mich erinnern, möchte für mein Kind Erinnerungen bewahren, andere ermutigen, sich ihrer Geschichte und der ihrer Familie bewusst zu werden. Alles das, natürlich, aber ich glaube, da ist noch mehr. Es ist etwas tiefer in mir verborgen.

Ich erinnere mich an einen Gedanken, den ich in einem Buch der großartigen Autorin Helga Schubert las. Er lässt mich nicht los:

„Etwas erzählen, was nur ich weiß. Und wenn es jemand liest, weiß es noch jemand. Für die wenigen Minuten, in denen er die Geschichte liest, in der unendlichen, eisigen Welt."

Da ist er wieder. Der Wunsch verbunden zu sein. Niemals allein zu sein. Ich muss an Frau Bröckelmann denken, aber auch an Omi mit ihrer großen Sehnsucht nach Liebe und natürlich Paps.

***

Als ich Mum in der nächsten Woche vom Bahnhof abhole, regnet es. Wir suchen uns wie immer ein nettes Café, sitzen gemütlich im Trockenen am Fenster.

Diesmal brauche ich keine heiße Schokolade. Meine Geister sind friedlich.

Wir reden über Gott und die Welt, die Familie, die Nachbarn und die Gesundheit und dann ganz plötzlich sagt sie, sie habe das Manuskript jetzt gelesen. Mir wird flau.

»Es ist alles in Ordnung.« Mum lächelt.

DAS habe ich früher so gehasst, dieses IN ORDNUNG, wenn ich doch hören wollte, dass mein Kleid mir ganz fantastisch steht, die neue Haarfarbe meine Augen wunderbar betont. So viele Begriffe hätte ich mir mehr gewünscht. Super, klasse, grandios...

Aber für Mum ist ein „in Ordnung" das Höchstmaß an Einverständnis. Das war mir lange unbegreiflich. Jetzt verstehe ich es.

„Es ist alles in Ordnung", wiederholt sie.

Das ist heute das Schönste, was sie mir sagen könnte.

Und dann reden wir nicht mehr über Gott und die Welt, die Familie, die Nachbarn und die Gesundheit.

Wir reden über uns.

Und es ist alles in Ordnung.

Lou, sag doch mal

***Was motiviert dich, über die familiäre Bedeutung hinaus,
eure Geschichte zu erzählen?***

Eine große Motivation lag und
liegt für mich in der
gesellschaftspolitischen
Dimension.

Ich feiere jedes Stück
Freiraum, das sich die queere
Community, das sich
marginalisierte Gruppen erobern.
Ich frage mich oft, ob Paps in
einer offeneren, faireren 
Gesellschaft überlebt hätte, ob das Familienmodel meiner
Eltern hätte funktionieren können.

Mir ist es wichtig daran zu erinnern, dass die Freiheit
selbstbestimmter zu leben als beispielweise in den 70er
Jahren nicht selbstverständlich ist. Das hat bis hierhin viele
Opfer gekostet.

Das bezieht sich, wie gesagt, nicht nur auf queere
Themen. Seit einer schweren Erkrankung habe ich eine
körperliche Behinderung. Auch Menschen mit
Behinderung sind in unserer Gesellschaft nicht
gleichberechtigt, haben nicht die gleichen Chancen auf
Teilnahme und Teilhabe. Und aktuell ist es wichtiger denn

je daran zu erinnern und sich gesellschaftlichen Rückschritten entgegenzustellen.

Wenn wir über Faschismus reden, dann berechtigterweise überwiegend über die Verfolgung jüdischer Menschen im Dritten Reich. Aber die Opfer des Nationalsozialismus waren vielfältig. Homosexuelle Menschen, Menschen mit Behinderung gehörten ebenso dazu und viele weitere Gruppierungen. Das dürfen wir nie vergessen.

Mir fällt dazu der Song „Sage Nein!" von Konstantin Wecker ein.

„Wenn sie jetzt ganz unverhohlen wieder Nazi-Lieder johlen,
über Juden Witze machen,
über Menschenrechte lachen.
[...]
Dann steh auf und misch dich ein: Sage nein!

Du betonst, dass es wichtig ist, miteinander ins Gespräch zu kommen. Wieso?

„Gehe hundert Schritte in den Schuhen eines anderen, wenn Du ihn verstehen willst" beschreibt es wunderbar.

Praktisch ist das mit den Schuhen wohl kaum umsetzbar, also geht es um Interesse aneinander und die naheliegendste Methode ist das Gespräch. Hierüber kommen wir in Kontakt und den brauchen wir, um

Empathie zu erlernen und zu erhalten. Das schließt nonverbale Kommunikation mit ein.

Leider werden die Gelegenheiten für echte Begegnungen weniger. Es fehlt an Anlässen, Zeit und oft auch Mut. Interesse aneinander zu zeigen, zu fragen, was den anderen bewegt, dafür fehlt wohl oft auch die Kraft.

Da ist es bequemer anderer Leute Leben auf Social-Media-Kanälen aus sicherer Entfernung zu beobachten. Ich kann das gut nachvollziehen. Es ist wie Fastfood-Kontakt, verlockend, aber einseitig. Das entfremdet uns voneinander, bietet keine echte Nähe. Aber wir brauchen Resonanz, dieses Mitschwingen mit anderen. Das ist für eine friedliche, demokratische Gesellschaft elementar.

Ein echtes Gespräch zu führen, bedeutet im Übrigen auch, dass es eine Dynamik von Zuhören und Mitteilen gibt, so, dass man sich gegenseitig motiviert und im besten Fall auf etwas Gemeinsames hinsteuert. Ich erlebe oft, dass viele nur noch über sich selbst sprechen und ihnen das Bezugnehmen auf ihr Gegenüber sehr schwerfällt. Aber das kann man (wieder) erlernen.

Wozu möchtest du die Lesenden eurer Geschichte ermutigen?

Zu Neugierde! Das bezieht sich auf zwei Seiten. Zum einen auf die Neugierde am eigenen Leben, an der eigenen Geschichte.

Sei neugierig zu erfahren, warum du heute der Mensch bist, der dich aus dem Spiegel ansieht. Da gibt es so viel zu entdecken. Mir ist zum Beispiel viel klarer geworden, warum mir bestimmte Werte wichtig sind und auch, wer und was mich immer wieder inspiriert und ermutigt.

Es gibt im Bereich der Biographiearbeit vielfältige Methoden dem eigenen Leben auf die Spur zu kommen. Das kann man allein tun oder sich (therapeutische) Unterstützung holen. Diese Auseinandersetzung fördert automatisch auch das Verständnis für andere.

Wir suchen bei anderen Menschen immer automatisch nach Gemeinsamkeiten, nach Möglichkeiten „anzudocken". Wenn ich mich selbst gut kenne, dann werden diese im Kontakt zu anderen sichtbarer. Und wenn ich mein Gegenüber nicht (sofort) verstehe, dann hilft die Neugierde auf mein Gegenüber. Es hilft offen zu bleiben und freundlich nachzufragen. Fragen bedeutet immer „Ich sehe dich!" und das öffnet Türen.

Wir haben alle Angst vor Ablehnung und die wird auch ab und an passieren, aber viel öfter werden wir positiv überrascht, weil es kaum Menschen gibt, die sich nicht darüber freuen gesehen zu werden.

Und wenn ich keine Antworten mehr bekommen kann, wie du zum Beispiel von deinem Großvater?

Dann frag bitte trotzdem!

Überleg dir, in welcher Situation, in welcher Zeit die Person aufgewachsen ist, was sie wohl bewegt hat, vor welchen Herausforderungen sie stand.

Das Internet bietet einen riesigen Pool an Informationen. Vielleicht kannst du aber auch tatsächlich Orte besuchen, die für diese Person wichtig waren, Menschen, die sie kannten, befragen. Ich habe mich zuerst dem Kind genähert, das mein Großvater einmal war und so versucht, eine Art Grundverständnis zu entwickeln und gefragt „Opa, was hat dich geprägt?" Das hat mir in der Auseinandersetzung mit ihm sehr geholfen. Niemand wird als Arsch geboren.

Eine Zwiesprache mit Menschen zu halten, die mir nicht mehr persönlich antworten können, ist so spannend, weil es meinen Blickwinkel weiten kann, ich, wenn nötig, mit der Person Frieden schließen kann. Vielleicht auch nur einen Waffenstillstand.

Irgendwie geht es doch immer um Frieden, mit uns selbst, mit anderen. Aber Frieden gibt es nicht ohne Verbindung. Kant sagte, dass der zwischenmenschliche Naturzustand nicht friedlich, sondern kriegerisch ist. Frieden muss demnach ständig neu gestiftet werden.

Das geht nur, wenn wir miteinander im (Friedens-) Gespräch bleiben!

***

Lou Kindermann ist ein Pseudonym.

Insbesondere für Mum ist es so leichter, dass ich unsere Geschichte erzähle, und ich fühle mich mit diesem Bonus-Namen mittlerweile ausgesprochen gut, denn er hat einen stimmigen Hintergrund.

Als Lesende der „Kaninchen" kennt ihr meine Namenspatronin. Es ist die sagenumwobene „Tante Peggy", deren Mädchenname Kindermann war. Mum hatte die Idee.

Lou dagegen habe ich mir ausgesucht. Dieser Vorname bedeutet „die berühmte Kämpferin" und tatsächlich bin ich bekannt dafür, nicht aufzugeben. So hat sich das mit dem Pseudonym gut gefügt und dieser Name darf mich nun, nach meiner beruflichen Laufbahn als Pädagogin, auf meiner literarischen Reise begleiten.

Wer mit mir Kontakt aufnehmen möchte, Lust auf eine Lesung hat oder Ideen für Kooperationen, erreicht mich über meine Website.

Und nun schnappt euch einen Herzensmenschen oder jemanden den ihr gern besser kennenlernen möchtet und erzählt euch von euren Leben.

Alles Liebe!
Lou

www.lou-kindermann.com

Danke

Von der ersten Idee bis zu diesem Buch, bis zur Umsetzung, sind sehr viele Jahre vergangen und lange habe ich niemanden von diesem Plan erzählt. Die Anfänge blieben fast zwei Jahrzehnte in der Schublade.

Die Zeit, ich, war noch nicht reif. Beruflich gut abgelenkt, schrieb ich viele Fachtexte, gab Workshops und unterrichtete angehende Erzieher:innen an verschiedenen Berufsfachschulen. „Kein Wort über die Kaninchen" vergaß ich allerdings nie.

Das Buch hatte lange einen anderen Titel, doch irgendetwas „klemmte" da noch und er wurde den Menschen, über die ich schrieb, insbesondere Paps, nicht gerecht. Auch diese Erkenntnis war ein wichtiger Prozess.

2019 dann wurde mein Leben vollständig auf den Kopf gestellt und ich verbrachte längere Zeit in einer Klinik.

Ich danke allen Menschen, die ich dort kennen- und schätzen lernen durfte aus ganzem Herzen. Ihr habt einen großen Anteil daran, dass es dieses Buch gibt. Wir waren so unterschiedlich, ein „bunter Haufen", haben uns zugehört und gegenseitig ermutigt. Was für eine Inspiration!

Ein großer Dank gilt auch Frau Rat, die eigentlich ein bisschen anders heißt, eine fantastische Psychologin ist und mich über einen längeren Zeitraum sicher durch „stürmische Gewässer" führte.

2023 musste ich wieder einige Zeit im Krankenhaus verbringen und hatte große Angst vor dem Ergebnis der dortigen Diagnostik. Meinen PC hatte ich dabei und damit auch das begonnene Manuskript.

Jetzt begann ich wie wild zu schreiben, denn ehrlicherweise hatte ich große Angst vor dem Tod und ein dringendes Bedürfnis dieses Projekt zumindest für meine Tochter zu Ende zu bringen.

Gut, dass sich meine Ängste damals nicht bewahrheiteten, denn Erzählen braucht seine Zeit und ich habe noch viel zu erzählen.

Liebes Töchterchen, du bist meine größte Inspiration.

M., mit dem ich nun schon seit 1990 zusammenlebe, stärkt mir immer den Rücken, wie verrückt die Ideen auch sein mögen. Du bist ein echter Anker für mein stürmisches Ich.

Mum, einfach danke!

Und dann wären da noch meine anderen Leuchttürme. So viele Menschen, die ich sehr schätze. Familie, Freunde, berufliche und kreative Wegbegleiter:innen, die mir, wenn nötig, Orientierung, und immer das Gefühl geben, dass ich ihnen wichtig bin.

Liebe Katrin, du warst (neben meiner Familie) meine erste Probeleserin und bist eine sehr inspirierende Freundin.

Liebe Ute, liebe Dagmar, liebe Steffi, liebe Heike, ihr habt mich unterstützt und bestärkt. Ohne euer Feedback würde diese Geschichte weiter im PC schlummern.

Liebe Nina, liebe Musenfreundin, danke für deine Freundschaft und unseren lebendigen Austausch. Die Möglichkeit, dir dieses Buch vorzulesen, war für mich ein sehr wertvoller Prozess.

Ein herzliches Dankeschön gilt auch der „Buchhebamme" Maria Al-Mana. Der Austausch mit Ihnen war ein großes Vergnügen.

Liebe Leser:innen, die ihr, auf welchem Weg auch immer, zu meiner Geschichte gefunden habt... DANKE!

Ihr alle beschreitet selbst so unglaublich vielfältige und spannende Lebenswege. Jeder davon wäre ein Buch wert.

Danke, dass wir uns einfach als Menschen begegnen und hoffentlich immer besser kennenlernen, weil wir nicht aufhören, uns von unserem Leben und unseren Träumen zu erzählen.

**Es schlummern noch so viele
wunderbare Geschichten
in uns allen.**